헬로 바바리맨

헬로
바바리맨

유영민 장편소설

㈜자음과모음

차례

나의 영웅

뭐? 나의 영웅?

주제 봐라. 이거야 원, 우리가 초딩 나부랭이도 아니고(아, 초딩 맞지). 담임선생님은 이제 막 부임한 탓인지 의욕이 넘쳐도 너무 넘친다. 작문 실력을 기르는 방법은 어릴 때부터 꾸준히 써보는 것밖에 없다며 툭하면 '여름방학에 있었던 일'이나 '엄마에게 하고 싶은 말', 혹은 '외국인 친구에게 우리나라를 소개한다면' 같은 유치한 주제로 글을 쓰게 한다. 글짓기에는 관심도 없고 소질도 없는 나로서는 여간 곤혹스럽고 귀찮은 일이 아닐 수 없다. 나에게는 작년 5학년 때 담임이었던 아저씨 선생님처럼 풀밭의 소떼마냥 아이들을 내버려두는 방목적 교육이 딱 맞는데…….

선생님은 어렵게 생각하지 말고 그냥 솔직하게 쓰면 된다고 하는데, 웃긴 게 그렇게 적어서 발표하면 "동현이는 왜 그렇게 생각하지요?"하고 묻는 식으로 생트집을 잡는 거다. 아니, 내 생각이 그런 걸 나보고 어쩌라고!

　저번의 주제였던 '장래 희망'만 해도 그렇다. 나는 정말 내가 평소에 생각하던 대로 '건물주'가 꿈이라고 발표했다. 대학가 같은 목 좋은 곳에 원룸 건물이나 다세대 주택을 지어서 따박따박 나오는 월세 받으며 살겠다고 말이다. 내 발표를 들은 선생님은 대번에 굉장히 우려스럽고 당황스럽다는 표정을 지으며, 왜 다른 아이들처럼 대통령이나 여객기 조종사가 되고 싶지 않은지 물어왔다. 울컥 짜증이 올라왔지만 나는 애써 표정 관리를 하며 대답했다. 대통령은 툭하면 대포동 미사일을 쏘니 마니 하는 북한과 심심하면 다케시마 어쩌구 떠드는 일본 상대하는 일이 피곤할 것 같아서 싫다. 여객기 조종사는 고액 연봉과 예쁜 스튜어디스 누나를 볼 수 있는 점 등 나름 매력적인 부분이 있으나, 시차 적응하는 게 번거로워서 별로다. 어쩐지 멍하게 나를 보며 말문을 열지 못하는 선생님이 부담스러워 나는 몇 마디 덧붙였다. 철밥통이 끌려서 공무원도 생각해봤는데, 민원인들 눈치 보는 게 골치 아플 것 같아 접었다.

　학기 초에 발표했던 '어른이 된 내 모습'은 또 어떻고. 그때 아이들은 마치 모범 답안마냥 죄다 결혼해서 행복한 가정을 꾸려 살고 있을 거라고 말한 반면, 나는 독신으로 지내며 폼나는 외제차로 드라이브를 즐기고 있을 거라고 했다. 내 발표가 끝나자 선생님은 목구멍까지 올라온 화를 꾹 억누르는 듯한 표정으로 왜 결혼을 하지 않느냐고 물었다. 나는 〈부부클리닉 사랑과 전쟁〉을 보면 저절로 알게 될 거라고 대답하며(엄마가 그 TV 프로그램을 아주 죽기 살기로 보는 탓에 나까지 팬이 되어 버렸다), 특히 시즌2를 권한다고 덧붙였다. 그러자 선생님은 아주 오랫동안 뜸을 들인 뒤 "그럼 왜 하필 외제차지? 이왕이면 우리나라 차가 좋잖아?"하는, 정말이지 지질한 질문을 던졌다. 이번에도 나는 솔직하게 대답했다. 대한민국에서 국산차 끌고 다니면 무시당한다는 건 개도 다 아는 사실이고, 사고 났을 때 에어백이 터지는지도 의심스럽다고.

그 이튿날, 엄마는 학교에 불려가야 했다. 선생님은 비장의 카드를 꺼내들 듯 부모 호출을 했을 테지만, 그건 철저한 오판이었다. 우리 엄마인 오순영 여사는 웬만한 일에는 콧방귀도 안 뀌는 인물. 내 발표 내용을 전해 들은 엄마는 당황하는 대신 오히려 기발하고 깜찍하지 않느냐며 나중에 작가를 시켜봐야겠다고 호들갑을 떨어댔다. 그러고 나서 우리 애 잘 좀 부탁한다며 쓱 '봉투'를 내밀었는데, 선생님은 손사래를 치며 받지 않았다고 한다. 엄마는 아주 훌륭한 분이라고 떠들어댔지만 나는 그게 더 못마땅하다. 세상 사는 게 그런 게 아니지 않은가. 줄 건 주고, 받을 건 받는 게 사람들 간의 정인데…….

뭐 그거야 어쨌든, 요번 글짓기는 어떻게 써야 할까? 남자애들은 보나마나 아이언맨, 스파이더맨, 배트맨을 떠들어 댈 거고, 여자애들은 요즘 잘나가는 아이돌을 들먹일 게 뻔하겠지.

역시 떠오르는 인물은…….

나는 수많은 '맨'들처럼 오직 스크린에서만 활약하는 영웅이 아니라 진짜로 우리를 지켜주는 영웅에 대해 이야기하고 싶다. 멋진 외모도 없고 초능력도 없지만, 그러나 우리가 위기에 처했을 때 도와주는 맨. 지난 가을, 지구를 스쳐지나간 혜성 '아이손'처럼 반짝 나타났다가 영원히 사라진 맨. 바바리 자락을 망토처럼 휘날리며 우리 앞에 섰던 맨에 대해…….

캬아, 변태야

우리 동네는 그 입구에 서는 사람이면 누구라도 큰 한숨부터 내쉬게 만드는 능력을 갖고 있다. 그렇다고 무슨 요상한 마법을 부리는 건 아니고, 산처럼 우뚝 솟은 언덕길이 그 이유다. 언덕길을 올려다 보노라면 한숨이 나오는 건 물론, 당장에 '노페 히말라야'라도 사서 걸쳐야 할 것 같은 기분이 든다.

언덕길 꼭대기에는 여자 고등학교가 있다. 어른들 말로는 매년 서울대도 몇 명 보내는 명문이라고 하는데, 학생들이 공부만 해서 그런지 물이 영 별로다. 게다가 매일 아침마다 등산을 하는 덕분에 다들 종아리가 역도 선수 저리 가라다.

"하아―."

크게 한숨을 내쉰 나는 터덜터덜 언덕길을 오르기 시작했다. 누가 변두리 아니랄까 봐 길 양편으로 고만고만한 건물이 다닥다닥 붙어 있다. 그리고 그 건물들에는 간판이 다닥다닥 붙어 있다. 삼진 철물점, 형제 세탁, 도레미 피아노, 왕왕 치킨…… 언덕길을 거의 올랐을 즈음, 작고 허름한 슈퍼가 나타났다.

동현 슈퍼.

우리 집이다. 도대체 왜 우리나라의 슈퍼 이름은 죄다 주인의 자식 이름을 따서 짓는지 모르겠다. 민지 슈퍼, 나래 슈퍼, 샛별이네 슈퍼…… 법으로 정해져 있는 건지, 창의성이 없는 건지, 아니면 그만큼 자식 사랑이 끔찍한 건지. 하여간 커다란 간판에 떡하니 적힌 내 이름을 볼 때마다 얼굴이 화끈거린다.

미닫이 새시 문을 열어보니 카운터의 아빠는 오늘도 변함없이 독서에 푹 빠져 있었다.

"다녀왔습니다."

내가 인사를 하자 아빠는 고개만 살짝 끄덕였다. 아빠가 보는 건 만화방에서 빌려온 무협지다. 하루 이십사 시간, 화장실 갈 때와 담배 피우러 갈 때 빼고는 늘 저렇게 무협지를 읽는다. 엄마는 고시 공부를 그렇게 했으면 벌써 판검사가 됐을 거라고 구박하지만 나는 알고 있다. 아빠는 답답하고 우울한 현실로부터 도망쳐 있는 것임을…….

아빠는 사업을 하다가 쫄딱 망했다. 대형 마트에 두부를 납품하는 게 그 사업이었는데, 어느 날 갑자기 마트에서 제멋대로 거래를 끊었다. 마트와의 계약만 믿고 은행 빚을 내서 공장에 설비투자를 한 아빠는 엄청난 타격을 받을 수밖에 없었고, 결국 그 일로 말미암아 공장 문을 닫게 되고 말았다. 그리고 세계적인 두부회사로 공장을 키우겠다는 아빠의 꿈도 물거품이 됐다(원래 두부란 것이 아시아 몇몇 나라에서만 먹는 건데, 세계적인 회사로 키우는 게 말이 되는지는 잘 모르겠다).

그 뒤로 아빠는 쭉 이렇게 손바닥만 한 슈퍼의 카운터를 지키고 있다. 엄마의 아빠에 대한 평은 이렇다. 허우대만 멀쩡한 인간, 무능력자, 반 백수 그리고…… 기둥서방. 그러나 무협지 속에서 아빠는 완전히 다른 사람이 된다. 사부를 죽인 원수를 찾아 세상을 떠돌아다니는 고독한 방랑자, 단번에 강호를 평정할 무시무시한 신공을 익혔으나 평소에는 절대 그것을 드러내지 않는 은둔 고수, 악행을 일삼는 무림 사파에 홀로 대항해 싸우는 협객이 아빠다.

"엄마 몰래 집 담보로 돈 빌려서 펀드에 투자해보는 게 어때? 요즘 차이나 펀드만큼 돈 버는 게 없어. 리스크가 크긴 해도 워낙 수익률이 좋으니까 한번 베팅 해볼 만해."

내가 말하자 아빠는 책장에 눈을 고정한 채로 입을 열었다.

"얼른 간식 먹고 학원이나 가."

"도대체 언제까지 이렇게 지지리 궁상으로 살 거야? 재기해야 할 거 아냐."

"……"

"혹시 차명계좌로 빼돌린 비자금 같은 거는 없어?"

"……."

나는 한숨을 폭 내쉬며 몸을 돌렸다. 아빠는 나를 귀찮아한다. 이제는 내 말이라면 귓등으로도 안 듣는다. 그러나 나로서는 입 다물고 있을 수 없다.

왜냐면…….

불안하기 때문이다. 뉴스를 통해 회사에서 잘리거나 사업이 실패한 아저씨들이 '잘못된 선택'을 했다는 소식을 접할 때마다 우리 아빠도 저렇게 될까 봐 가슴이 철렁 내려앉는다. 겉으로야 밥 잘 먹고 똥 잘 누는 웰빙 생활을 하지만, 속으로는 '이젠 더 이상 버틸 수가 없구나' 혹은 '여보, 동현이를 부탁해' 같은 쪽지 하나만 달랑 남기고서 사라질 생각을 할지 누가 알아? 아빠를 생각하면 언제나 마음이 무겁다.

카운터 뒤쪽의 문을 열고 살림집으로 들어간 뒤, 안방을 기웃거려보니 엄마가 화장대 앞에 앉아 있었다. 엄마는 거울로 나를 보며 말했다.

"냉장고에서 찾아 먹어."

"뭐 먹을 거나 있고?"

"없으면 라면 끓여 먹든가."

"다른 집 엄마들은 절대 라면 못 먹게 해. 몸에 나쁘다고."

"괜찮아, 안 죽어. 그냥 먹기 심심하면 계란 넣고."

화장을 마친 엄마는 수첩을 들여다보았다. "이 여편네는 벌써 며칠을 밀린 거야?" "아이고, 이 놈은 내 돈 떼먹으려고 아주 작정을 했구먼." "이 미친년하고는 오늘 담판을 지어야지!" 초등학생 아들이 곁에 있거나 말거나 엄마의 입에서는 거친 욕설이 술술 흘러나왔다.

엄마의 동네 별명은 '슈퍼 갑'이다. 엄마의 성이 갑이냐고? 아니다. 우리 집이 슈퍼를 해서 그러냐고? 아니다. 엄마가 그런 별명을 얻게 된 이유는…… 어른들이 흔히 말하는 '갑을 관계'에서, 엄마가 동네 사람들에 대해 갑의 위치에 있기 때문이다. 그것도 보통의 갑이 아니라 슈퍼(super) 갑!

엄마는 돈 빌려주는 일을 한다. 좋게 말하면 대부업, 나쁘게 말하면 일수놀이. 은행처럼 보증인과 복잡한 서류가 필요치 않아서 엄마에게 돈을 꾸지 않은 동네 사람이 거의 없을 지경이다.

"아빠한테 점심은 차려줬어?"

"배고프면 알아서 찾아먹겠지."

"아빠 마른 거 안 보여? 고기 좀 사 먹여."

수첩을 보고 있던 엄마는 휙 고개를 들어 나를 째려보았다.

"아이고, 효자 나셨구먼. 나도 그렇게 챙겨줘봐!"

엄마는 동네뿐 아니라 집안에서도 '슈퍼 갑'이다. 생각해보라. 구멍가게에서 얼마나 벌겠는가. 우리 집 살림은 전적으로 엄마가 일수놀이를 해서 버는 돈으로 돌아간다. 예나 지금이나 돈 있는 곳에서 권력이 나오는 법. 따라서 우리 집에서는 엄마가 왕이다.

"너, 또 학원 빠지면 혼날 줄 알아!"

엄마는 손가방을 들고 밖으로 나갔다. 영화를 보면 보통 일수쟁이들은 건장한 어깨들을 데리고 다니는데, 우리 엄마는 그딴 거 필요 없다. 하얗게 화장한 얼굴에 송충이처럼 꿈틀대는 눈썹 문신을 보면 누구라도 움찔 할 테니까.

나는 부엌으로 가서 냉장고를 열어보았다. 커다란 냉장고는 항상 식료품으로 가득 채워져 있지만 자세히 보면 딱히 먹을 만한 게 없다. 속에 뭐가 들어 있는지도 모른 채 둘둘 말려 처박혀 있는 검은 비닐봉지들(엄마조차도 풀어보는 일이 없다). 정체 모를 장아찌가 담긴 밀폐 용기들(정말 장아찌는 유통기한이 없는 걸까?), 수상쩍은 액체가 든 페트병들(그 중에는 개구리 즙도 있다!). 이 모든 게 마치 운동경기의 벤치 멤버처럼 일년 삼백육십오일 변함없이 제자리를 지키고 있다.

"동현아! 동현아!"

비음 섞인 목소리. 나는 삼촌 방으로 달려갔다. 방문을 열자마자 오래된 빨랫감에서처럼 쉰내가 확 풍겼다.

"왜 불러?"

모니터에 얼굴을 박고 있던 삼촌이 뒤를 돌아보았다.

"가게에서 컵라면 좀 집어와. 새우탕으로."

"누굴 라면 셔틀로 아시나."

"아, 빨리."

삼촌은 경찰 공무원 시험을 준비하고 있다. 그러나 참고서를 들춰보기는 했는지 의심될 정도로 공부하는 꼴을 못 봤다. 삼촌이 공부 대신 매달려 있는 건 온라인 게임이다. 구멍가게 주인인 아빠가 무협지 세상에서 절세 고수이듯, 삼촌은 현실에서는 무직, 백수, 날건달이지만 온라인상에서는 길드에서 서로 모셔가려고 아우성치는 'FA 대어'다. 누가 형제 아니랄까 봐 이렇게 쏙 빼닮았는지, 원.

삼촌은 지갑에서 천 원짜리 한 장을 꺼내 내밀었다.

"이거면 됐지? 뜨거운 물 부어서 가져와. 김치도 가져오고."

"그거로 뭐하라고. 요즘은 유딩들도 천 원은 취급 안 해."

삼촌은 똥 씹은 표정이 되더니 천 원 한 장을 더 꺼냈다.

"짜식이, 갈수록 능글능글해져."

나는 잽싸게 매장에서 새우탕을 집어왔다. 그런 다음 물을 끓여 붓고는 김치와 함께 쟁반에 받쳐 삼촌 방으로 갔다.

"찬밥도 가져오지. 애는 센스가 없어."

삼촌은 게임을 하며 라면을 먹었다. 기름에 떡진 머리와 눈가에 붙은 눈곱, 덥수룩한 수염을 보니 절로 오덕후, 폐인, 막장 같은 단어가 떠오르며 한숨이 새어나왔다. 방 꼬락서니도 삼촌 모습과 조금도 다를 게 없었다. 방바닥 여기저기 흩어져 있는 속옷, 양말, 컵라면 용기, 음료 캔…… 할머니는 늦둥이인 삼촌을 어릴 때부터 내 강아지, 내 강아지 하며 키웠다고 하던데, 그래서 그런지 커서 이렇게 개 같은 인간이 되고 말았다. 말이 씨가 된다는 옛말이 절대 틀린 게 아니라니까.

잘 씻지도 않는 데다가 방까지 개판으로 만드는 삼촌이 엄마의 마음에 들 리 없다. 그러나 삼촌이 경찰 시험을 준비한다는 사실 하나만으로 엄마는 애써 모든 분노를 꾹 억누르고 있다. 집안에 공권력을 손에 쥔 인물이 한 명쯤은 있어야 한다나. 아무래도 불법 사채업을 하는 엄마로서는 뒤를 받쳐줄 든든한 빽이 필요할 게다.

"삼촌, 웬만하면 좀 치우고 살아."

"……."

"이제 나이도 있는데 인간답게 살아야 할 거 아냐."

"……."

이 집에서는 전부 내 말을 무시한다.

삼촌 방을 나서다가 나는 흥미를 끄는 물건을 발견했다. 그건 웃는 얼굴 모양의 가면이었다. 피부가 새하얗고, 가는 콧수염과 일자로 뻗은 턱수염이 나 있었다. 이게 뭐냐고 물으니 삼촌은 심드렁한 목소리로 지난 할로윈데이에 클럽에서 쓰던 거라고 대답했다.

"그거 줄 테니까, 가게에서 콜라 좀 집어와."

"딜 성립!"

나는 얼굴에 가면을 쓴 채 매장으로 뛰어갔다. 그러고 나서 무협지를 읽는 아빠를 손가락으로 톡톡 건드렸다. 고개를 든 아빠는 내 얼굴을 잠깐 쳐다보다가 다시 무협지로 눈을 돌렸다. 깜짝 놀라거나 호기심 어린 반응을 기대한 건 아니지만 전혀 관심을 끌지 못하자 이내 서운한 감정이 밀려왔다. 아빠는 이 세상에서 흥미 있는 게 아무 것도 없는 걸까. 그 무엇도 아빠를 이곳으로 끌어낼 수 없는 걸까. 나는 힘없이 몸을 돌렸다.

"동현아!"

어느 동네에나 바보가 한 명씩은 있는 법이다. 우리 동네에서는 그 역할을 종민이가 맡았다. 진짜 바보는 아닌데, 말이나 행동을 보면 바보와 다름없다.

"오늘 학원 째고 피방이나 갈래? 이번에 새로 나온 게임이 있는데, 개재밌어!"

내게 다가온 종민이는 생글생글 웃는 얼굴로 말했다. 얘는 뭐가 좋다고 만날 웃고 다니는지. 아, 바보의 특징 중 하나가 늘 웃는 거지.

"안 돼. 저번에도 걸려서 엄청 혼났어."

"까짓것, 몇 대 맞으면 되지. 그게 겁나냐?"

네가 맞고 자라서 상태가 이 모양이구나. 나는 종민이가 진심으로 안타까웠다.

종민이와 함께 학원을 향해 걷노라니 멀리서부터 미용실이 눈에 들어와 점점 가까워졌다. 전면 통유리 너머로 삼촌의 애인인 나리 누나가 바쁘게 가위질을 하고 있었다. 이 누나는 완전히 자뻑에 사는 사람이다. 거짓말 하나도 안 보태고 자기가 김태희 뺨치는 미모인 줄 안다(여기 용두동에서는 조금 먹어주는 얼굴인지 모르지만 시내에만 나가도 누나 정도는 널리고 널렸다!). 흔히들 코드가 맞는다느니, 성격이 통한다느니 하는 말을 하는데, 그런 쪽에서 나리 누나와 나는 전혀 어울리지 않는 게 틀림없다. 왜냐면 첫만남에서부터 심하게 삐걱댔으니까.

한 육개월쯤 됐을까. 우연히 데이트 중인 삼촌과 나리 누나를 만났다. 나는 드라마 속 여우 같은 시누이마냥 눈을 치뜨고 누나를 관찰했는데, 삼촌 옆에 착 달라붙어 짝짝 껌을 씹는 폼부터가 굉장히 거슬렸다.

누나를 소개한 뒤 삼촌은 으스대듯 내게 물었다.

"어때, 예쁘지?"

전혀 인정할 수 없었지만 나는 괜한 미운털 박히기 싫어 그냥 조용히 웃기만 했다. 그러자 누나는 불쾌한 기분을 드러내며 입을 열었다.

"어머, 네가 팔등신 미녀를 처음 봐서 당황했구나?"

그 말에 간신히 부여잡고 있던 내 인내의 끈이 툭 끊어지고 말았다.

"팔등신 미녀가 아니라 그냥 등신 같은데요……."

"뭐? 드, 등신?"

나는 누나를 향해 메롱, 하고 혀를 내민 뒤 줄행랑을 쳤다. 누나는 분통터져 죽겠다는 듯 아랫입술을 깨물며 발을 동동 굴렀는데, 삼촌만 아니라면 당장에 쫓아올 기세였다.

"일수야!"

미용실을 지나쳐 얼마쯤 걸은 뒤였다. 정육점 아줌마 목소리가 들려왔다. 엄마가 일수놀이를 하는 탓에 동네 아줌마들은 나를 이름보다 '일수'라는 호칭으로 더 자주 부른다. 이제는 일수가 내 이름 같다.

내가 곁으로 다가가자 아줌마는 불안하고 초조한 얼굴로 물었다.

"네 엄마, 어디까지 돌았니?"

"아까 나가셨으니까, 지금쯤 세탁소나 분식집에 있을 거예요."

원금 육백. 불입금 이만 오천 원. 아마 얼마간 불입금이 밀렸을 거다. 딱한 사정(자식의 대학 등록금 때문에 돈을 빌렸다)을 떠올린 나는 아줌마에게 아이템을 하나 던져주기로 한다.

"엄마가 요즘 기분이 꿀꿀하다고 했거든요. 노래방이나 데려가면 한 일주일 정도는 봐줄 거예요."

아줌마의 얼굴에 미소가 확 피어났다.

"정말이지? 너만 믿는다!"

나는 아줌마를 향해 씨익 웃은 다음 자리를 떴다. 잠깐 걷다가 종민이는 의아한 얼굴로 내게 물었다.

"왜 아줌마들은 너를 일수라고 부르냐?"

내 옆에 붙어다닌 지가 언젠데 아직도 그걸 모르다니. 정말이지 바보가 틀림없다.

"일수야!"

치킨집 사장님이다. 원금 이천. 불입금 오만 원. 사장님은 가게의 인테리어 비용 때문에 돈을 꿨다. 그런데 인테리어 공사 이유란 게 내가 보기에 아주 웃겼다. 체인점 본사의 강압에 의해 울며 겨자 먹기로 해야 했던 거다. 멀쩡한 인테리어 소품을 뜯어내는 현장을 지켜보며 울상 짓던 사장님이 아직도 또렷히 기억난다.

"엄마 어디 계시냐?"

"걱정 마세요. 당분간은 봐줄 거예요."

얼마 전에 사장님에게서 치킨을 얻어먹은 적이 있었는데, 나는 그 일을 엄마에게 이야기하며 치킨집 사장님은 정말 좋은 분이라고 잔뜩 칭찬을 늘어놓았다. 자식에게 호의를 베풀어줬는데 좋아하지 않을 부모가 어딨겠는가. 내 말을 들은 엄마는 그런 일이 있었냐며 싫지 않은 표정을 지어보였다.

내가 사정을 설명하자 사장님은 안심한 표정을 지었다.

"한가한 시간에 들려라. 이번에 새로 나온 흑마늘 치킨 맛보게 해주마."

나는 어정쩡한 미소를 흘렸다. 뭐, 그러실 것까진 없는데, 성의도 있고 하니까……. 몸을 돌리자마자 종민이가 내 옆구리를 쿡 찔렀다.

"치킨 먹을 때 나도 데려가. 나, 치킨 개좋아해."

얘는 툭하면 말 앞에 '개'를 붙인다. 개싫어, 개맛있어, 개웃겨……. 안 그래도 모자란 녀석이 더 모자라 보인다.

"일수야!"

이건 수선집 아줌마 목소리. 원금 오백. 불입금 이만 이천 원. 하, 저 아줌마는 답이 없다. 벌써 불입금이 보름이나 밀려서 엄마가 잔뜩 벼르고 있다. 나는 뛰듯이 걸음을 옮겼다.

"일수야, 이놈아!"

영문을 모른 종민이는 덩달아 종종걸음을 쳤다.

"야, 너 부르잖아."

종민아, 지금은 그냥 입 닥치고 따라와라. 나는 하늘을 보며 한숨을 내쉬었다. 거 참, 세상 사는 거 쉽지 않네.

"Hi, everyone!"

원어민 선생님인 브랜든은 오늘도 특유의 미소를 마구 쏘아댔다. 남자들에게는 느끼하지만 여자들에게는 달콤한 미소. 아니나 다를까, 여자애들 모두 입을 헤, 벌리고 있다. 게다가 교실 밖에서는 중딩 누나들이 창에 붙어 서서 꺅, 소리치고 있다. 자동차든 뭐든 수입제라면 사족을 못 쓰는 이런 세태, 고쳐져야 한다.

출석을 확인한 브랜든은 머그컵에 담긴 커피를 홀짝이며 애들의 얼굴을 훑다가 종민이에게 물었다(따로 리딩 교재가 있긴 하지만 수업의 대부분은 자연스런 대화 형식으로 진행된다).

"What day is it today?"

종민이의 수준을 배려한 가장 기초적인 어휘의 질문. 그러나 종민이는 언제나처럼 실실 웃기만 할 뿐 아무 대답도 하지 못했다. 인간아, 여태껏 여기에 꼴아박은 돈이면 입이라도 뻥긋하겠다. 나는 종민이를 대신해 작은 목소리로 대답했다.

"It's Thursday."

"Oh, Donghyun good!"

굿은 무슨. 미드로 익힌 나의 본토 생활영어를 들으면 기겁할 거다.

"You look happy today. What's up?"

브랜든의 시선이 내 맞은편 여자애에게 멈췄다. 걔는 차분하게 말을 받았다.

"I helped my mother with her housework. I'm trying to be a good daughter."

문법이 정확할 뿐더러 발음도 꽤 좋다. 쟤도 미드 좀 봤나보다.

"Wow, really? Excellent!"

여자애는 뺨에 보조개를 만들며 살짝 웃었다. 강세나. 우리 클래스에서 가장 예쁜 애다. 그런데 제 자신은 그걸 잘 모르는 것 같다. 남자애들을 무시하지도 않고 도도하게 굴지도 않는다.

"세나가 뭐라고 한 거냐?"

종민이가 손가락으로 옆구리를 쿡 찌르자 움찔 놀란 나는 허리를 비틀었다. 이 자식이 하도 찔러대는 통에 감각이 예민해져서 어느새 옆구리가 성감대로 변해 버린 것 같다.

"우리 반에서 네가 제일 잘생겼대."

"푸하하. 강세나, 남자 보는 눈이 있네!"

이빨에 교정기를 끼고서 이렇게 활짝 웃는 놈은 세상에 얘뿐일 거다.

브랜든은 아이들과 유쾌하게 대화를 나누며 수업을 이어갔다. 그 모습을 따분하게 지켜보며 나는 과연 미국에서 저런 식으로 대화를 나눌까 하는 의문을 품었다. 삼촌의 컴퓨터에 저장된 백여 편의 미드(백여 편의 일드도 있다. 그런데 어떻게 된 게 대사가 야메떼, 기모찌 두 단어뿐이다)를 보고 깨달은 건데, 미국 사람들의 대화에서는 반드시 튀어나오는 말이 있다. 그리고 사실, 그거만 잘 쓰면 의사소통에는 별 문제가 없다. 이를 테면 이런 것들. 'God damn!' 'Shit!' 'Shut up!' 'Don't bullshit me!'

톡.

손으로 돌리던 연필이 바닥에 떨어졌다. 또르르 굴러간 연필은 강세나 의자 바로 아래 멈췄다. 연필을 발견한 강세나는 잠깐 나를 보더니 허리를 굽혀 그것을 주운 다음 내게 건넸다. 수업 시간에는 영어만 쓰게끔 되어 있으므로 내가 땡큐, 하고 말하자 강세나는 싱긋 웃었다.

"You're welcome!"

구슬처럼 까맣게 반짝이는 강세나의 눈동자를 본 순간, 왠지 모르게 얼굴이 뜨거워졌다. 강세나는 그 눈을 몇 번 깜박이다가 고개를 돌렸다.

"강세나, 저거 나 보려고 일부러 연필 주워준 거 아냐?"

종민이가 또다시 옆구리를 찔러댔다. 나는 한숨을 푹 내쉬었다. 그래, 그렇다 치자.

그 뒤 수업 시간 내내 나는 강세나를 힐끔댔다. 정말 신기하고도 이상한 일이었다. 조금 전만 해도 아무렇지 않았는데, 걔의 모습에 가슴이 두근거렸다. 내가 왜 이러지?

"Let's call it a day."

이윽고 수업이 끝나자 남자애들은 부리나케 교실을 빠져나갔다. 반면, 여자애들은 자리에서 뭉그적거리며 수다를 떨어댔다. 매일 보는 얼굴, 뭐 그리 할 말이 많은지. 가방을 챙겨 밖으로 나가 보니 평소 같으면 가장 먼저 학원 건물에서 벗어났을 종민이가 서 있었다.

"뭐하냐?"

"세나가 이 몸에게 관심이 있다는데, 가만있을 수 있냐."

종민이는 교실에 있는 강세나를 보며 깐족댔다. 이런, 혹시 내가 돌이킬 수 없는 실수를 한 건가.

"내가 해피밀 쏠 테니까, 빨리 가자."

나는 종민이의 팔소매를 잡아끌었다.

"싫어, 이거 놔."

나와 종민이가 아옹다옹 하는 사이, 강세나가 친구들과 함께 교실에서 걸어 나왔다. 그러나 종민이는 막상 그 앞에 서자 잔뜩 굳은 채 아무 말도 하지 못했다.

'그러면 그렇지, 이 쪼다 같은 녀석이 뭘 어쩌겠어.'

내가 안도의 숨을 내쉴 때였다. 종민이가 강세나에게 다가서더니 그애의 길게 묶은 뒷머리를 확 잡아당겼다. 화들짝 놀란 강세나는 엄마, 하고 비명을 내질렀다.

'아니, 저 바보가 1, 2학년들도 안 하는 유치한 짓을!'

나까지 도매급으로 묶일까 봐 걱정이 된 나는 얼른 자리를 피했다.

집 안에 고기 굽는 냄새가 퍼졌다. 내가 했던 말 때문일까. 저녁에 돌아온 엄마의 손에 삼겹살이 담긴 비닐봉지가 들려 있었다. 고기를 구워 먹을 때면 늘 그랬듯 부엌 대신 마루에 상이 차려졌다.

"많이들 먹어."

불판에 고기를 구우며 엄마가 생색내듯 말했다.

"안 그래도 요즘 고기 생각이 간절했는데."

삼촌은 채 익기도 전에 고기를 날름날름 집어먹었다. 반면 아빠는 먹는 둥 마는 둥이었다. 언제나처럼 고개를 푹 숙이고서 조용히 자기 밥그릇만 비웠다.

"도련님, 요즘 공부 열심히 하고 있죠?"

느닷없는 엄마의 물음에 당황한 삼촌은 씹던 고기를 꿀꺽 삼켰다.

"그, 그럼요. 올해 안으로 꼭 합격할 겁니다!"

"합격만 하면 내가 참한 색싯감 구해줄게요. 아는 사람의 여동생이 동사무소에서 일해요. 솔직히 얼굴은 별론데, 직업이 공무원이잖아. 요즘은 안정적인 게 최고야."

"미용실 나리 누나는?"

내가 묻자 엄마는 마땅찮은 표정을 지었다.

"미용사보다야 죽을 때까지 연금 나오는 공무원이 훨씬 낫지."

엄마의 얘기에 별로 관심이 없는 듯 삼촌은 픽 웃었다. 그런 뒤 아빠를 쳐다보며 입을 열었다.

"형, 술 한잔 할까?"

술이라는 단어에 아빠가 고개를 들었다. 엄마는 삼촌을 향해 쏘아붙였다.

"냅둬요! 뭐 잘한 게 있다고 술이야."

아빠는 다시금 밥그릇에 얼굴을 파묻었다. 그런 뒤 왕따 당하는 아이처럼 의기소침해진 채 아무 말이 없었다. 예전의 아빠는 저렇지 않았다. 얼굴에서는 늘 미소가 묻어났고, 틈날 때마다 우스갯소리를 늘어놓았다. 아빠에게서 그것들이 사라진 건 공장 문을 닫고

부터다. 기억난다. 그 무렵의 일들. 집 안 물건에 붙은 빨간 딱지, 돈 갚으라고 소리치는 빚쟁이들, 엄마의 울부짖음……. 그 후 아빠와 엄마는 성격이 정반대로 변해 버렸다. 밝고 활기찬 아빠는 우울하고 말수 없는 사람이 됐고, 조용하고 얌전한 엄마는 말 많고 억센 사람이 됐다.

나는 슬며시 일어나 매장으로 나갔다.

"한잔 하세요."

내가 상에 소주를 올려놓자 아빠와 삼촌의 얼굴에 반가운 기색이 퍼졌다. 삼촌은 잽싸게 소주를 집어 뚜껑을 열었다.

"동현이 자식, 눈치 하나는 빠르단 말이야."

엄마는 어이가 없다는 듯 나를 보더니 내쏘듯 몇 마디 말을 던졌다.

"쟤가 왜 저래? 너, 나 몰래 아빠한테 용돈이라도 받았냐?"

삼촌은 아빠에게 술잔을 건넨 다음 소주를 따랐다. 그러자 아빠는 슬쩍 엄마의 눈치를 살핀 뒤 소주를 마셨다.

"크윽."

이번에는 아빠가 삼촌의 술잔을 채워주었다. 입안에 소주를 털어 넣은 삼촌은 얼른 고기 한 점을 집어먹었다.

"역시 삼겹살엔 소주지!"

이미 마시기 시작한 술, 어쩌겠냐는 듯 엄마는 더 이상 잔소리를 하지 않았다. 아빠와 삼촌은 주거니 받거니 하며 소주를 두 병이

나 비웠다.

　식사를 마친 가족들은 마루에서 과일을 먹으며 텔레비전을 보았다. 요즘 한참 인기를 끄는 개그 프로그램이었다. 엄마와 삼촌은 연신 웃음을 터트렸다. 특히 엄마는 하도 웃어서 눈물까지 질금거렸다. 그러나 아빠는 조금도 웃지 않았다. 그저 불쾌한 얼굴로 화면만 응시할 뿐이었다. 그런 아빠를 보며 나는 생각했다. 어쩌면 그는 무협지 역시도 그저 보고만 있는 게 아닐까. 읽는 것도 아니고 뭣도 아니고 그냥 멍하게 들여다보는 게 아닐까.

　나는 삼촌 방으로 갔다. 그러고는 컴퓨터를 켜서 그동안 몰래 모아둔 신문 기사를 불러냈다. '중년남, 설 자리가 없다' '벼랑에 선 남성들' '중년 가장들, 이젠 지쳤다' 같은 제목을 단 기사들이었다. 다시 한 번 찬찬히 읽어보니, 그것들에서 위기의 아저씨들이 나타내는 위험 신호로 지목하는 게 우울증이었고, 그 증상이 모든 일에 시큰둥하거나 관심이 없는 거였다.

　'역시 우울증이 원인일까……'

　모니터 화면에 시선을 던져둔 채로 나는 의자에 깊숙이 몸을 파묻었다. 이 우울증이 단순히 기분만 우울한 게 아니었다. 왜 살아야 하나, 이렇게 살아서 뭐하나 같은 생각을 자꾸 하다 보면 아주 나쁜 선택을 하게 되는 거였다. 그런 상황에 대한 예방책으로 뉴스 기사들에서 말하는 게 환자에 대한 관심이었다. 나는 오늘부터 아빠를 밀착 감시하기로 마음먹었다.

삼촌 방에서 나와보니 마루에서 뜻밖의 소란이 벌어지고 있었다. 막 샤워를 마치고 나온 듯한 아빠가 팬티만 입은 채 엄마에게 하소연을 하고 있었다.

"최소한 오늘 입을 옷은 있어야 할 거 아냐."

"대충 아무 거나 걸치면 되잖아."

짐작할 만한 상황이었다. 오래전부터 엄마는 집안일에 너무 소홀했다. 빨래도 몇 주씩이나 밀려서 할 때가 많았다.

"이 여자가 보자보자 하니까 남편을 보자기로 보나! 몇 벌 되지도 않는 옷으로 매일 돌려 입는데 옷이 어딨어!"

식사 때 마신 술 때문일까. 아빠가 전에 없이 화를 냈다. 삼촌도 마루 한쪽에 서서 사태 추이를 예의 주시하고 있었다.

"옷이 왜 없어!"

안방으로 들어간 엄마는 장롱을 확 열어젖히더니 옷을 꺼내 아빠에게 마구 내던졌다. 모직 코트, 오리털 점퍼, 바바리코트가 아빠의 몸에 맞고서 바닥에 널브러졌다.

"이것들은 다 뭐야? 옷 아니야?"

엄마는 갑자기 흐느껴 울며 아빠의 공장이 망한 뒤 외할아버지와 이모들에게 빌린 돈을 굴려 용두동 지하경제의 큰손으로 거듭나기까지 자신이 겪은 고난과 역경을 늘어놓았다. 그러고는 아빠를 향해 소리쳤다.

"동네 사람들이 나보고 뭐라는 줄 알아? 저승사라래, 저승사자!

내가 왜 그딴 소리를 들어야 하는 거야!"

엄마의 말을 듣는 동안 분노가 사그라졌는지 아빠는 힘없이 고개를 떨구었다. 그런 다음 자신의 발치에 떨어져 있는 바바리코트를 몸에 걸치고서 밖으로 나갔다. 나는 소리 없이 아빠를 쫓았다.

집 뒤편으로 간 아빠는 입에 담배를 물었다. 알몸에 바바리코트만 걸친 꼴이 웃기기도 하고 불쌍하기도 했다. 미처 얼굴은 보이지 않았지만 그가 얼마나 외롭고 쓸쓸한 표정을 짓고 있을지 상상이 갔다. 그러자 세상에서 아빠를 이해하는 사람은 오직 나뿐이라는 생각이 들면서 와락 그를 껴안고 싶은 충동이 일었다.

'아빠……'

내가 주춤거리며 한 발을 뗀 순간, 아빠는 윗몸을 수그리고 소변을 보기 시작했다. 쫄쫄쫄, 하는 소리가 귓속을 파고들었다.

'역시 우리 집에서 휴먼 다큐를 찍는 건 무리인가.'

그만 몸을 돌리려고 할 때였다. 타박타박 발소리가 들리더니 아빠 건너편 샛길에 누군가 나타났다. 교복을 입고 커다란 뿔테 안경을 쓴 여고생이었다. 소변을 보는 아빠와 정면으로 마주친 그 누나는 넋 나간 표정을 지어보였다.

1초, 2초, 3초…….

세상이 전부 멈춘 것 같은 고요가 이어지다가 여고생은 두 손으로 얼굴을 가린 채 비명을 내질렀다.

"캬아, 변태야!"

여고생은 뒤돌아 온 힘을 다해 뛰기 시작했다. 그런데 평소에 운동을 별로 안 했는지 자세가 영 어설펐다. 꼭 오리 같았다. 한참 뒤 누나가 완전히 사라지자 나는 그제야 생각난 듯 아빠를 쳐다보았다. 그는 그때껏 그 자리에 멍하게 서 있었다. 소변을 보던 자세 그대로.

목도리 도마뱀

1

"아빠, 뭐해?"

"응?"

"뭐하냐고."

"그냥…….."

아빠는 달라졌다. 늘 빠져 있던 무협지도 보는 둥 마는 둥 하고, 혼자 우두커니 앉아 있는 시간이 많아졌다. 아무래도 여고생 사건 당시 받은 데미지가 상당한 것 같다. 하긴, 한순간에 변태가 됐는데 괜찮으면 오히려 그게 더 이상하겠지. 하필 그때 입고 있던 옷이 바바리코트여선 빼도 박도 못하게 바바리맨이라는 누명을 뒤 집어쓰게 됐다. 진짜 불쌍한 인간……. 나는 짠한 마음으로 아빠를 바라보다가 슈퍼를 나섰다.

"동현아!"

피시방에 가기 위해 언덕길을 내려가던 나는 발을 멈췄다. 걸걸한 목소리. 철물점 백부였다. 이 아저씨는 나를 보면 한 번도 가만히 내버려둔 적이 없다. 꼭 불러 세워 귀찮게 한다. 나를 귀여워해서 그런다는 것도 잘 알고 나 역시 백부가 싫은 건 아닌데, 나로서는 그의 과도한 스킨십이 너무 부담스럽다.

"어디 가냐?"

백부는 철물점 앞에 내놓은 둥근 플라스틱 의자에 앉아 있었다. 정말이지 우리 동네에서 제일 한가한 사람이다. 하루 대부분을 저렇게 앉아서 햇빛을 쬐거나 행인들을 구경하며 보낸다.

"피시방이요."

"가까이 좀 와 봐. 안 잡아먹어."

"왜요, 그냥 거기서 말해요."

"이 녀석, 어른이 말을 하면 들어야지!"

나는 비적비적 백부에게 다가갔다. 그러자 그는 나를 번쩍 안아 올려 자신의 무릎에 앉혔다. 그런 다음 미처 내가 방어할 틈도 없이 내 중요 부위를 덥석 움켜쥐었다.

"어이쿠, 이제 다 컸구나."

내가 말한 게 이거다. 이런 스킨십이 싫다는 거다!

"백부, 이러면 이제 아청법에 걸려 잡혀가요."

"뭐? 아청법?"

내가 아청법에 대해 늘어놓자 백부는 껄껄 웃었다.

"동현이 덕분에 나라에서 주는 공짜 밥 먹어보는 것도 좋지. 요즘은 고기도 자주 나온다고 하던데!"

이 아저씨에게 이성적 판단을 기대한 내 잘못이지. 잠깐 말이 없다가 백부는 조금 가라앉은 목소리로 내게 물었다.

"네 아빠는 요즘도 무협지에 빠져 사냐?"

"그렇죠, 뭐."

"아빠가 싫으냐?"

"아빤데, 싫고 좋고가 어딨어요."

백부는 다시 한 번 껄껄 웃었다.

"그렇지, 아빤데 싫어할 수 없지. 우문현답이로구나!"

사실 백부와 나는 피 한 방울 섞이지 않았다. 그러면서도 큰아버지라는 뜻의 백부로 부르는 데에는 그럴 만한 까닭이 있다. 용달차에 짐을 싣고 이곳 용두동으로 이사 온 지 하루가 지난 날. 슈퍼의 첫 손님으로 찾아온 사람이 있었으니, 바로 철물점을 운영하는 이 아저씨다. 가벼운 대화 끝에 아저씨가 고향 선배라는 사실을 알게 된 아빠는 술잔을 앞에 두고 그에게 지난 일을 죄 털어놓았다. 자신의 모든 걸 바쳐 꾸려오던 공장, 그 공장 문을 닫아야 했던 사정까지. 그런 과정을 거쳐 철물점 아저씨를 친형님처럼 따르게 된 아빠는 나에게 그를 백부라고 부르도록 시켰고, 사극에서 백부님 어쩌고 하는 대사를 기억한 나는 뭔가 흥미롭다 싶어 흔쾌히 고개를 끄덕였다.

"동현아, 아빠에게 서운한 감정이 있더라도 네가 어른스럽게 이해해라."

애한테 어른스럽게 이해하란 건 당최 무슨 소린지.

"시간이 지나면 나아질 거야."

나도 그랬으면 좋겠다. 예전의 아빠로, 밝고 활기찬 아빠로 돌아왔으면 좋겠다.

"참, 엄마가 물김치 새로 담갔다고 가져가래요."

내 말을 들은 백부는 어린아이처럼 좋아했다.

"요즘 먹을 게 없었는데, 그거 잘됐구나!"

가족과 떨어져 지내는 백부에게 엄마는 이따금 밑반찬을 챙겨주곤 한다. 백부가 왜 혼자 외롭게 사는지는 나도 잘 모른다. 아빠나 엄마에게 이유를 물어도 애들은 몰라도 된다며 대답해주지 않는다.

"아이고, 소장님 나오셨습니까?"

백부가 갑자기 몸을 일으켰다. 고개를 돌려보니 파출소장님이 뒷짐을 진 채 이쪽으로 느릿느릿 걸어오고 있었다. 작달막한 체구에다가 눈이 엄청 커서 꼭 개구리 같은 인상이다.

"아직도 날씨가 후덥지근하구먼."

파출소장님은 당연하다는 태도로 백부의 의자에 앉아 손부채질을 했다. 백부는 재빠르게 철물점으로 들어가 박카스를 들고 왔다. 그러고는 뚜껑을 따서 두 손으로 파출소장님에게 내밀었다.

"지역의 안보와 평화를 수호하느라 노고가 많으실 텐데, 이거 좀 드십쇼."

파출소장님은 거만한 태도로 박카스를 받아들었다. 그에게서 엄마가 그토록 목말라 하는 공권력의 향기가 폴폴 풍긴다.

"늘 생각해왔던 거지만, 국민과 가장 가까운 거리에서 고생하는 공무원은 역시 견찰이 제일인 것 같습니다."

백부의 말에 파출소장님이 버럭 소리를 질렀다.

"또 견찰이라고 그런다! 내가 발음 똑바로 하라고 그랬죠!"

"아이구, 제가 실수했네요. 견찰이 아니고 경찰입니다, 경찰."

머리를 긁적이며 백부는 중얼거렸다.

"혀가 짧은 것도 아닌데, 이상하게 경찰 발음만 안 된단 말이야……."

"안 그래도 열불 나 죽겠는데, 부채질하지 마세요."

"무슨 언짢은 일이라도 있으십니까?"

백부가 내시처럼 눈치를 살피며 묻자 파출소장님은 긴 한숨을 내쉬었다.

"여기서 썩다 가나 싶어서요."

"아이고 이런, 이번에도 안 되셨군요……."

파출소장님은 찡그린 표정으로 먼 산을 바라보았다.

"궂은일은 우리가 다 하는데 진급은 엉뚱한 놈들이 하니, 이거야 원."

"엉뚱한 놈들이라 하심은……."

"누구긴 누구겠어요! 경찰대 나온 놈들이지."

"일단은 걔들도 열심히 공부해서 대학을 간 거니까, 어느 정도의 인센티브는 인정해주는 게 맞지 않을까요?"

파출소장님이 백부를 매섭게 쨰려보았다.

"아, 아니, 그러니까 제 말은…….."

백부의 눈치 없음은 알아줘야 한다. 종민이가 커서 어른이 되면 꼭 저러지 않을까 싶다.

"어이구, 빨리 진급해서 본서로 들어가는 게 내 명줄 늘이는 일이지."

파출소장님은 의자에서 벌떡 일어나 큰길 쪽으로 걸어갔다. 그의 뒷모습을 향해 백부가 외쳤다.

"소장님, 아청법인가 난청법인가에 걸리면 정말 콩밥 먹습니까?"

뒤돌아선 파출소장님은 백부의 위아래를 훑으며 끌끌 혀를 찼다.

번식왕, 동팔이가 돌아왔다. 학원을 마치고 집에 와보니 동팔이가 슈퍼 앞 평상 아래 누워 피곤한 듯 두 눈을 느리게 껌벅이고 있었다. 이번 가출은 꽤 긴 편이다. 거의 두 달 만에 보는 거니까.

동팔이는 개다. 성별은 수컷, 품종은 믹스견. 원래 떠돌이였던 동팔이는 지난 여름 어느 날부터 우리 슈퍼 앞을 무단 점거해 살기 시작했다. 몇 번 밥을 주며 내일은 가겠지, 내일은 가겠지, 했는데 영 떠날 생각을 하지 않았다. 그렇게 시간이 흐르자 자연스럽게 우리 집 애완견으로 굳어져 버렸다. 그렇다고 우리 가족을 주인으로 여기느냐, 하면 그렇지도 않다. 자기 기분 내킬 때만 꼬리를 젓는다. 게다가 떠돌이였던 때의 습성을 못 버리고 툭하면 가출을 해서 보름이고 한 달이고 들어오지 않는다.

정말 신기한 게, 인물이 좋은 것도 아니고 몸짱도 아닌데 동팔이는 동네 암캐들을 죄 건드리고 다닌다. 특히 엄청난 체급 차이가 나는 약국집 리트리버와도 짝짓기에 성공한 걸 보면 존경스럽기까지 하다. 그게 가능하냐고? 가능하다. 정말이다. 내가 봤다.

나는 동팔이 앞에 쪼그려 앉았다.

"봤으면 아는 척 좀 하지?"

"……."

"어이, 내 말 안 들려?"

"……."

이 집에서는 개나 사람이나 전부 내 말을 무시한다.

집 안에서는 엄마가 음식을 만드느냐고 정신이 없었다. 오늘 그 모임이 있나? 식탁에 놓인 잡채를 조금 집어 먹어보니 너무 짰다.

"너는 어디를 그렇게 싸돌아다녀. 해 졌으면 알아서 기어 들어와야 할 거 아냐."

가스레인지 앞에 서 있는 엄마가 뒤를 돌아보았다.

"그러니까 휴대폰 사줘. 전화해서 들어오라고 하면 되잖아."

"내가 그 소리 하지 말랬지!"

"우리 반에서 휴대폰 없는 애는 나밖에 없어!"

엄마는 어제 먹다 남은 찌개에 밥을 말아 내게 내밀었다.

"이거나 동팔이 갖다 줘."

"뭐가 이쁘다고 밥을 주는 거야."

"사람이든 개든 자기 집에 찾아온 이상 굶기는 거 아냐."

나는 냄비를 들고 흐느적흐느적 밖으로 나갔다. 이건 뭐, 룸서비스도 아니고. 내가 밥그릇에 밥을 부어주자 동팔이는 왜 이제야 가져왔냐는 듯 나무라는 눈으로 나를 쳐다보았다.

"맛있냐?"

"……."

"웬만하면 밥값 좀 하고 살지?"

"……."

동팔이를 보고 있노라니 절로 부러운 생각이 들었다. 밀린 숙제도 없고 억지로 가야 하는 학원도 없다. 속 썩이는 부모도 없다. 개팔자가 상팔자라는 속담을 떠올린 나는 옛말이 틀린 게 없다는 걸 다시금 깨닫는다.

밥을 먹던 동팔이가 갑자기 고개를 쳐들고 꼬리를 흔들었다. 돌아보니 삼촌이 눈에 들어왔다.

"어, 동팔이 왔네?"

삼촌이 다가오자 동팔이는 더욱 거세게 꼬리를 치며 펄쩍 뛰어올랐다. 동팔이는 유독 삼촌을 좋아한다. 같은 개과 동물이라서 친근감을 느끼는 게 분명하다.

"너, 이 녀석. 이번에는 어느 처자랑 놀다 왔어?"

삼촌이 목덜미를 주무르며 은밀한 목소리로 묻자 동팔이는 대답이라도 하듯 컹, 짖어댔다. 역시 둘 사이에는 내가 모르는 교감이 있다.

"학원 가는 거야?"

내 물음에 삼촌은 고개를 끄덕였다. 비록 공부는 안 하지만 삼촌은 학원만큼은 꼬박꼬박 나간다. 나처럼 학원 빠지면 엄마에게 혼나는 모양이다.

"형수님, 오늘 스터디 모임 때문에 늦을 거예요."

삼촌이 몸을 일으키며 집 안을 향해 외치자 나는 콧방귀를 뀌었다. 스터디는 개뿔. 여자 만나는 게 확실하다. 평소에 하는 짓은 덕후가 맞는데, 어떻게 여자를 꼬시는지 모르겠다. 나리 누나 말고도 삼촌이 알게 모르게 만나는 여자가 여럿이다. 삼촌과 동팔이는 개과 동물인 것도 그렇고, 번식력이 우수한 것까지 똑같다.

삼촌이 사라진 지 얼마 후, 슈퍼에 나이 지긋한 아저씨들이 네 명

들어섰다. 일명, '용두동 재개발 추진위원회'. 다들 이 용두동에서 껌 좀 씹고 침 좀 뱉는 어른들인데, 두어 달에 한 번씩 모여 회의를 핑계로 쓰잘데기없는 시간을 보낸다. 아저씨들은 우리 가족과 함께 마루에 둘러앉아 음식을 먹으며 윗동네 일을 화제로 떠들어댔다.

"어제 주민들하고 철거반이 한바탕했다는데, 무슨 시민단체인가 하는 놈들도 끼어들었대요."

머리가 벗겨지다 못 해 환한 빛이 나는 아저씨의 말에 해병대 군복을 입고 선글라스를 낀 아저씨가 대꾸했다.

"도대체 시민 단체라는 놈들은 뭐 때문에 발 벗고 나서는 겁니까? 어디서 월급이 나오나?"

돋보기안경을 쓴 동장님이 제육볶음을 쩝쩝거리며 입을 열었다.

"그러게요. 나도 그게 늘 궁금했어요. 낮 시간에 그렇게 돌아다니는 걸 보면 직장도 없고, 처자식도 없나봐?"

나는 소리 없이 웃었다. 오히려 일 없이 건들거리는 건 이쪽이다. 가만 들여다보면 이 아저씨들은 직업 없이 쓸데없는 직함만 잔뜩 갖고 있다. 청소년 지도위원, 조기축구회 회장, 상가 번영회 고문…….

"그나저나 그 동네가 시작돼야 여기도 재개발이 될 텐데…….'

대머리 아저씨의 중얼거림을 듣고서 엄마가 목청 높여 말했다.

"정 안 되면 우리라도 삽하고 곡괭이 들고 나서야죠!"

동장님이 큰 웃음을 터트렸다.

"저 호탕한 성격! 오 여사님은 남자로 태어났으면 한자리 차지하고도 남았을 겁니다!"

구석에 앉은 아빠는 언제나처럼 조용히 음식만 먹고 있었다. 아빠가 입을 다물고 있는 건 이해가 가는데, 어째서 사람들은 그에게 한마디도 말을 안 거는지 모르겠다. 하긴, 생각해보면 늘 그랬다. 외할아버지 생일잔치 때에도, 이모네와 피서를 갔을 때에도 아빠는 그 자리에 없는 사람 취급을 당했다. 공장 문을 닫은 뒤부터 아빠는 유령이나 다름없었다.

내 생각에 그렇게 된 건 사람들의 쓸데없는 배려심 때문이지 싶다. 아마 처음에는 저 사람은 사업이 망해 기분이 좋지 않을 거라고 짐작하며 아빠에게 말을 안 걸었을 거다. 그렇게 시간이 흐른 뒤에는 아빠가 원래 대화하는 걸 좋아하지 않는다고 여겼을 거다. 그리고 그 후에는 아빠를 모른 척하는 게 버릇처럼 굳어지지 않았을까.

식사 자리가 끝날 무렵, 아빠는 은근슬쩍 밖으로 나갔다. 그것을 보자 대번에 내 촉이 뭔가 감지했다. 나는 아빠를 쫓아 몸을 일으켰다. 집 뒤편으로 간 그는 한쪽 구석에 주차된 낡은 마티즈로 다가갔다. 출동하는 일 없이 늘 제자리를 지키는 자가용이었다. 차문을 열려던 아빠는 갑자기 동작을 멈췄다. 이어서는 뭔가 고민하듯 마티즈 주위를 초조하게 서성였다.

'왜 저럴까.'

한참이 지나 아빠는 한차례 주위를 살핀 다음 마티즈에 올랐다.

나는 어딘가를 가는 줄 알았으나 시동이 걸리지는 않았다. 차 안에서 꼼지락거리다가 오 분쯤 흘러 밖으로 나온 아빠를 본 나는 신음처럼 중얼거렸다.

"맙소사, 도대체 뭘 하려는 거야."

아빠는 바바리코트 차림이었다. 얼핏 보니 그 속에는 팬티 하나만 달랑 걸친 것 같았다. 내가 훔쳐보는 걸 전혀 눈치채지 못한 채로 아빠는 언덕길을 내려가기 시작했다. 터벅터벅, 발짝 소리가 작게 울려 퍼졌다.

외진 거리에 이르러 아빠는 가로등에 몸을 숨겼다. 그런 뒤 바바리코트 주머니에서 무언가를 꺼내 얼굴에 썼다.

"아!"

그건 다름 아닌 내가 삼촌에게 얻은 가면이었다. 내 책상에 올려놓았던 게 어느 날 갑자기 사라졌다 했더니 저기 있었다. 아빠는 몸을 웅크리고서 어둠이 내려앉은 거리를 응시했다. 그 광경을 지켜보고 있으려니 돌연 나에게 어떤 예감이 파고들었다. 그러나 나는 곧장 고개를 내저었다. 너무 터무니없다고 여겨졌던 거다. 하지만 시간이 흐를수록 점점 그 예감이 맞다는 생각이 들었다. 아빠는 진짜 바바리맨으로 나선 거였다. 그래서 지금 적당한 희생양이 오기를 기다리는 거였다.

"미쳤구먼, 미쳤어!"

조용하고 평범하게 살아온 사람이 갑자기 변태 짓을 하려고 한다. 아직 그 이유는 알지 못한다. 사업이 망한 뒤로는 언제나 아빠의 우울한 모습만을 봐왔다. 그게 너무 싫었고, 아빠가 잘못된 선택을 할까 봐 겁이 났다. 그런데 이제는 다른 이유 때문에 불안하다. 아빠가 왜 저럴까…….

이윽고 거리에 교복을 입은 여고생이 나타났다. 나는 마음속으로 아빠에게 말을 건넸다. 아빠, 정말로 미친 짓을 하려는 건 아니지? 제발 내 예상이 틀리게 해줘. 그러나 내 바람을 무시한 채 아빠는 여고생 앞으로 뛰쳐나갔다. 그런 다음 바바리코트의 앞섶을 펼쳐 육체미와는 안드로메다만큼이나 거리가 먼 알몸을 드러냈다. 순식간에 안구 테러를 당한 여고생은 소프라노로 비명을 내질렀다.

"엄마아!"

마치 그 소리를 감상하듯 잠시 가만히 서 있다가 아빠는 도망치기 시작했다. 펄럭이는 바바리코트 자락 아래로 앙상한 맨다리를 드러내며 뛰는 모습이 언젠가 텔레비전에서 본 동물을 떠올리게 했다. 그건 바로……

목도리 도마뱀이었다.

나는 일정한 거리를 두고 아빠를 쫓았다. 얼마쯤 달려 어두운 골목으로 숨어든 그는 거친 숨을 몰아쉬며 가면을 벗었다. 그 순간, 나는 분명하고 똑똑하게 보았다. 아빠의 두 눈에 반짝이는 생기를, 입가에 번지는 미소를.

2

아빠는 왜 바바리맨이 되려 할까?

처음 바바리맨이 된 건 우연이지만 두 번째는 분명 일부러 한 행동이었다. 그렇다면 아빠는 앞으로도 계속 바바리맨으로 변신할 가능성이 아주 컸다.

도대체 무슨 꿍꿍이일까?

아빠는 지극히 평범한 사람이었다. 너무 평범해서 오히려 그게 특별함으로 비춰질 정도였다. 그런 아빠가 평범함과는 정반대의 일을 꾸미고 있는 거였다. 혹시나 우울증 때문일까? 하지만 내가 알아본 우울증의 증세에 변태 기질은 전혀 없었다.

고민 끝에 나는 생각의 방향을 바꿔 아빠에게서 원인을 찾는 것이 아니라, 바바리맨에서 아빠에게 들어맞는 부분을 찾아보기로 했다. 인터넷으로 조사해보니, 바바리맨들은 동서양을 넘나들며 맹활약했다. 마치 '바바리맨 세계연합'이라는 게 있어, 그 규칙대로 움직이는 것마냥 바바리코트라는 의상도 똑같았고, 여자와 맞닥뜨렸을 때 취하는 액션(바바리코트를 펼쳐 알몸을 보이는 것)과 그에 뒤따른 행동(줄행랑)도 다른 데가 없었다. 그리고 그 수가 점점 불어나고 있었다. 우리나라만 해도 바바리맨으로 활동하다가 경찰에 붙잡힌 아저씨가 2007년에 370여 명이었던 것이 2010년을 넘으며 1000여 명으로 팍 늘었다.

그렇다면 바바리맨들이 그런 미친 짓거리를 하는 이유는 뭘까.

사실 이 의문의 답은 아주 간단했다. 바바리맨을 다룬 모든 웹문서와 신문기사에서 떠들어대는 게 있으니까. 그게 뭐냐고? 바로이거다.

억눌린 성적 욕구!

아빠도 이 때문에 바바리맨이 되려는 걸까? 아빠와 엄마 사이를 떠올려보니 그럴 수도 있겠다는 생각이 들긴 했다(〈부부클리닉 사랑과 전쟁〉에서도 비슷한 경우가 아주 많아 이해하기 편했다). 그러나 만약 이것이 내가 찾던 답이라면, 이거대로 또 문제였다. 워낙 부부 사이의 민감하고 은밀한 일이라서 나로서는 마땅한 해결 방법이 없는 거였다.

이거 참, 엄마한테 설명할 수도 없고……. 어떡할지 몰라 멍하게 천장을 바라보고 있으려니 번뜩 머리에 스치는 생각이 있었다.

'동생이 있었으면 좋겠다고 말해볼까?'

옷 때문에 다툰 이후로 아빠와 엄마는 가뜩이나 안 좋은 관계가 더 나빠졌다. 이 타이밍에 동생 어쩌고 하는 얘기를 꺼내도 괜찮을까 걱정이 들긴 했지만, 다른 마땅한 방법이 떠오르지 않아 일단 시도해보기로 했다.

조심스레 안방 문을 열자 화장대 앞에 앉아 계산기를 두드리는 엄마가 눈에 잡혔다.

"엄마, 있잖아……."

돌아보지도 않고 엄마는 대꾸했다.

"안 돼!"

내가 '엄마 있잖아' 하는 말만 꺼내면 엄마 입에서는 자동으로 '안 돼'라는 말이 튀어나온다.

"얘기라도 좀 들어봐!"

"네 말이야 뻔하지. 용돈 달라는 거 아냐?"

"아니야!"

그제야 엄마는 나를 돌아보았다.

"그럼 뭔데?"

"나도 동생이 있었으면 좋겠어."

"뭐?"

엄마의 눈이 휘둥그레졌다.

"동생 있는 친구들이 부럽단 말이야."

"얘가 왜 갑자기 안 하던 소리를 하고 그래?"

거짓말을 하려니 답답해 미칠 것 같았다. 솔직히 동생 있는 거하나도 부럽지 않다. 형제끼리 장난감이나 음식을 두고서 싸우는 꼴을 보고 있자면 너무 유치해서 웃음조차 나오지 않는다. 나는 나혼자라는 게 얼마나 맘 편한지 모른다. 내가 갖고 있는 거의 유일한 복이라고 생각한다. 그런데 이 복을 스스로 걷어차려고 하다니!

"응? 동생 하나만 만들어줘."

"방에 가서 학습지나 풀어."

"엄마, 여동생도 좋고 남동생도 좋아. 그러니까……."

엄마는 목청 높여 말했다.

"요즘 애 키우는데 돈이 얼마나 들어가는지 알아? 너 하나만 해도 집안 기둥뿌리가 흔들려!"

내가 이 말 나올 줄 알았다. 나는 뒷머리를 벅벅 긁으며 안방을 나섰다.

매장으로 가보니 우리의 목도리 도마뱀은 선반에 라면을 진열하고 있었다. 나는 아빠 때문에 골치가 아파 죽겠는데 정작 당사자는 저렇게 태평하다니. 안 그러려고 해도 자꾸만 속에서 부아가 치밀었다. 나는 허리에 양손을 얹고 아빠를 쏘아보았다. 일을 마치고 면장갑을 벗던 아빠는 나와 눈이 마주치자 헤죽 웃어보였다.

'어? 방금 뭐였지?'

나는 어리둥절한 채 가만히 서 있었다. 아빠가 웃다니, 도저히 믿기지 않았다. 마치 처음으로 보는 웃음 같았다. 그러고 보니 아빠의 행동 하나하나에서도 어딘가 모르게 활기가 느껴졌다. 나는 그 이유가 궁금하지 않을 수 없었다.

'혹시 바바리맨 때문일까? 그게 아빠의 무언가를 변화시킨 걸까?'

달리 떠올릴 수 있는 게 없었다. 만약 그렇다면 아빠를 변화시킨 그 힘은 '변태 에너지'라고 부를 수밖에 없을 거였다. 변태 에너지로 힘을 내는 바바리맨…… 갑자기 안구에 습기가 찼다.

카운터 뒤쪽의 문이 열리더니 엄마가 나타났다. 더없이 냉랭한 표정이었다. 곧장 냉장고로 걸어간 엄마는 두부 한 모를 꺼냈는데, 그러는 동안 아빠와 엄마는 서로에게 눈길조차 주지 않았다.

'동생은커녕 이혼 서류에 도장 안 찍으면 다행이겠네.'

내가 뒷목을 부여잡고 한숨을 내쉴 때였다. 슈퍼에 교복 차림의 여고생이 들어섰다. 단골인 미정이 누나였다.

"동현아, 안녕."

누나는 요 앞 여고에 다닌다. 얼굴이 예쁘고 성격도 다정다감해서 나는 누나를 잘 따른다. 솔직한 심정으로 동생보다는 저런 누나가 있었으면 좋겠다.

매장을 돌아다니다가 라면과 두루마리 휴지, 참치 캔을 들고 카운터에 선 누나는 주눅 든 표정으로 아빠를 쳐다보았다.

"외상으로 좀……."

역시 이번에도 외상이다. 집안 사정이 나빠졌는지 누나는 요즘 들어 자주 외상을 한다. 아빠는 미정이 누나에게 사람 좋은 미소를 지어보였다.

"그러렴."

"고맙습니다."

물건에 바코드를 찍는 아빠를 유심히 쳐다보던 미정이 누나가 돌연 톤을 높여 말했다.

"아저씨, 목에 하트 모양의 점이 있네요? 완전 귀여워요!"

아빠는 대꾸 없이 조금 웃었다. 아빠의 왼쪽 귀 아래 작게 돋은 그 점은 나도 잘 알고 있다. 그동안 한 번도 하트 모양이라고 생각해본 적이 없는데, 누나 말을 듣고 보니 그런 것도 같다.

"하트는 얼어 죽을, 흔해빠진 흉점이구먼."

콧방귀를 뀌며 궁시렁거리더니 엄마는 미정이 누나를 향해 쏘아붙였다.

"얘, 너는 맨날 외상이니? 하루 이틀도 아니고 도대체 몇 번째야."

아빠가 눈치를 주는데도 엄마는 멈추지 않고 말을 쏟아냈다.

"구멍가게라고 얕보는 거야, 뭐야?"

미정이 누나는 엄마에게 꾸벅 고개를 숙였다.

"죄송합니다."

"죄송하면 그러지 말아야지, 죄송한 짓을 왜 해."

미정이 누나가 물건을 제자리에 갖다 놓을 찰나였다. 출입문 쪽에서 어떤 목소리가 들려왔다.

"그 학생 꺼, 내가 계산할게요!"

이 용두동에서 가장 튀는 존재, 시인 아줌마였다. 아줌마는 신춘문예인가 뭔가에 당선되어 신문에 시가 실렸다고 한다. 그래서 그런지 이 동네 주민들과는 사뭇 다른 포스가 풍긴다.

"돈이 남아도시나 봐요?"

엄마가 아니꼬운 눈으로 시인 아줌마를 쳐다보았다. 그 시선에는 댁도 남 도울 형편은 아닌 것 같은데 괜히 오지랖 떨지 말라는 말이 숨어 있다.

"호호호, 돈이 남아도는 건 내가 아니라 아줌마잖아요. 돈이 어찌나 많으신지, 남도 빌려주고 이자도 두둑이 받고……."

엄마는 시인 아줌마를 쨰려보다가 치맛바람을 일으키며 집 안으로 들어갔다. 맞는 말에 반박할 수 없겠지. 미정이 누나가 감사의 말을 전하며 나중에 꼭 갚겠다고 하자 시인 아줌마는 손사래를 치며 그럴 거 없다고 했다.

미정이 누나가 떠난 뒤 시인 아줌마는 과자를 고르기 시작했다. 서른을 훌쩍 넘긴 나이와 시인이라는 고상한 직업에 어울리지 않게 아줌마는 과자를 좋아한다. 그것도 버터와플이나 초코브라우니같은 고급스러워 보이는 게 아니라 꼬맹이들이나 찾는 싸구려 스낵.

"아저씨, 치토스 매운 바베큐 맛 없어요?"

시인 아줌마는 아빠를 보며 소리쳤다. 스낵의 세세한 구분을 나보다 더 잘 알고 있다.

"아, 제발 박스에 한데 섞어놓지 말고 종류 별로 구별해 놔요. 매번 찾는 데 한 시간이야."

힘들게 매운 바베큐 맛 치토스를 찾아 계산을 마친 시인 아줌마는 슈퍼 앞 평상에 앉았다. 그러고는 먼 하늘을 바라보며 천천히 과자를 먹었다. 얼핏 뭔가를 골똘히 생각하는 듯했는데, 자세히 보니 그냥 과자 맛을 음미하는 것 같았다.

내가 옆에 앉자 시인 아줌마는 과자 봉지를 내 쪽으로 내밀었다. 나는 팔을 뻗어 과자 몇 개를 집었다.

"아줌마, 왜 우리 슈퍼에서 과자를 사요? 편의점에 종류가 더 많잖아요. 수입한 것도 있고요."

대충 아줌마라고 부르기는 하지만, 호칭이 좀 애매하다. 아직 결혼을 안 했기 때문이다. 그렇다고 누나라 하기에는 너무 늙었고…….

"편의점에는 정감이 없잖아. 내가 어릴 때 찾던 구멍가게 같은 분위기가 풍겨서 여기가 좋아."

이거, 칭찬인가? 공중에 들린 발을 까딱이며 나는 시인 아줌마에게 오래전부터 궁금한 걸 물었다.

"아줌마, 시가 뭐예요?"

"시?"

시인 아줌마는 과자를 먹으며 생각에 잠겨들었다.

"시가 뭔지 궁금하단 말이지……."

돌연 치토스 봉지를 들어보이며 시인 아줌마는 경쾌하게 말했다.

"시란 치토스의 맛이나 열량을 논하거나, 혹은 이것으로 찌게 될 나의 살을 걱정하는 게 아니라, 지금은 보이지 않는 따조의 행방에 대하여 궁금해하는 것이지."

"네?"

"도대체 왜 따조가 없는 걸까? 흠…….."

이 사람, 순 사이비 아냐? 신문에 시가 실렸다는 것도 헛소문이 분명하다.

드르륵, 슈퍼 출입문이 열리며 아빠가 나타났다. 시인 아줌마와 나를 잠깐 쳐다본 뒤 아빠는 담배에 불을 붙였다.

"매일 무협지만 끼고 계시던데, 다른 책도 좀 읽는 게 어때요?"

시인 아줌마가 타박하듯 건넨 말에 아빠는 허허, 웃었다.

"선물 하나를 드리죠."

시인 아줌마는 가방에서 작은 책을 꺼내 아빠에게 내밀었다.

"이번에 나온 제 시집이에요. 재미는 없어도 읽다 보면 영혼의 살이 팍팍 찔 거예요."

나는 잽싸게 시인 아줌마의 손에서 책을 낚아챘다. 표지를 넘겨 보니 저자 소개란의 사진 속 아줌마는 깜짝 놀랄 정도로 예뻤다. 모르긴 해도 사진 때문에 책을 사는 남자도 많을 것 같았다.

"이 사진, 아줌마 맞아요?"

내가 따져 묻자 시인 아줌마는 큼큼, 헛기침을 했다.

"젊었을 때야."

"이거, 사기 아니에요? 지금 사진을 넣어야죠!"

시인 아줌마는 몹시 분하다는 듯 목소리에 잔뜩 힘을 줘서 대꾸했다.

"지금도 화장하면 봐줄 만하거든?"

시인이란 원래 사기꾼 기질이 많은 건가? 나는 속으로 혀를 차며 몸을 일으켰다. 집 안으로 들어가는 나를 향해 아줌마는 크게 소리쳤다.

"나 따라다니는 남자가 얼마나 많은 줄 알아!"

"강세나가 나 멋있다고 말한 거 맞냐?"

수업 중인 브랜든의 눈치를 살피며 종민이가 내 옆구리를 찔렀다. 오늘 얘는 외모에 엄청 힘을 주고 왔다. 요즘 유행하는 지드래곤 헤어스타일을 따라했는데, 그 짧은 머리에 어떻게 드라이를 한 건지 정말 용하다. 게다가 중고딩 형들의 교복처럼 바짓단도 바짝 줄여서 입고, 가방까지 나이키로 바꿨다. 그러나 강세나는 그런 종민이에게 조금도 관심을 보이지 않았다.

"맞아."

"근데 왜 이 서방님을 보고도 아무 반응이 없는 거야."

서방님? 조금 있으면 살림이라도 차리겠구나.

"뭔가 피드백이 있어야 할 거 아냐."

피드백? 이 녀석의 입에서 이렇게 난이도 있는 영단어가 튀어나올 줄이야.

"부끄러워서 그러겠지. 아마 속으로는 네가 멋있다고 생각할 걸?"

시무룩하던 종민이의 얼굴이 확 밝아졌다.

"역시 그렇지?"

종민아. 제발 이빨에 교정기 낀 채로 웃지 말아줄래?

"Let's call it a day."

브랜든의 입에서 수업을 마친다는 말이 튀어나오자마자 아이들이 가방을 챙기기 시작했다. 성질 급한 애들은 북 의자를 밀며 일어났다.

"잠깐만요."

브랜든이 갑자기 한국어로 말했다.

"여러분과 함께 즐기고 싶은 게임이 있어요."

아이들이 동작을 멈추고 의아한 얼굴로 브랜든을 쳐다보았다.

"게임이 뭐냐면……."

한국 생활 십 년차인 브랜든은 능숙한 우리말로 게임을 설명했다. 그건 마니또와 비슷했는데, 선물 대신 자신의 속얘기를 털어놓은 편지를 주고받는 것이었다. 누가 뽑았는지는 끝까지 비밀에 부치고, 브랜든 자신도 참여하겠다고 했다.

"분명 멋진 추억이 될 거예요."

게임 내용이야 어떻든, 남녀가 함께 한다는 사실에 아이들은 엉덩이를 들썩이며 흥분했다. 그러나 나는 짜증부터 치솟았다. 학교에서도 작문 숙제를 내주더니만 여기서도 글 쓰라고 난리다. 왜 어른들은 아이들로 하여금 자꾸 뭘 쓰게 만드는 걸까.

먼저 여자애들이 한 명씩 앞으로 나가 남자애의 이름이 적힌 쪽지를 뽑았다. 그 얼굴들에는 감출 수 없는 설렘과 기대감이 떠올라 있었다. 게임에 관심이 없는 나였지만 강세나 차례가 됐을 때만큼은 조금 신경이 쓰였다.

'쟤는 누구를 뽑을까.'

잠시 뒤 남자애들 차례가 되었고, 나는 담담한 심정으로 쪽지를 뽑았다. 솔직히 누가 걸리든 상관없었다. 남자애가 여자애보다 많으므로 어쩔 수 없이 남자애 몇 명은 동성을 뽑을 수밖에 없었는데, 설사 그게 나라고 해도 괜찮았다. 단, 종민이만 아니라면.

자리로 돌아온 나는 손에 쥔 쪽지를 조심스레 펴보았다. 유치한 게임이라고 생각되면서도 이상하게 가슴이 두근거렸다.

강세나.

이름을 확인한 순간, 가슴이 쿵 울렸다. 이건 또 무슨 운명의 장난인가. 나는 누가 볼세라 얼른 쪽지를 호주머니에 쑤셔 넣었다.

"누구 뽑았냐?"

종민이가 내 옆구리를 찔렀다.

"……."

"웅, 누구냐고."

대답을 안 하면 하루 종일 찔러댈 기세였다. 나는 잠깐 고민한 뒤에 엉뚱한 여자애 이름을 댔다.

"에이씨, 세나면 바꾸려고 했는데."

나는 강세나를 쳐다보았다. 앞으로 재에게 무슨 얘기든 해야 한다는 사실이 떠올려지자 갑자기 눈앞이 캄캄해졌다. 모른 척 쌩까면 분명 서운해하겠지?

"뭐해, 집에 안 가?"

"어? 어…….'

나는 종민이를 따라 교실을 나섰다. 초딩부터 고딩까지 전부 다니는 탓에 학원 로비는 나이와 성별이 뒤죽박죽인 채 학생들로 북적였다. 힘겹게 출입문을 향해 걸어가던 나는 근처에서 들려오는 고딩 누나들의 대화에 발을 멈췄다.

"혜주 아는 애가 바바리맨 만났다고 하더라."

"정말?"

"걔, 그거 때문에 그날 급식도 못 먹고 하루 종일 멍 때리고 있었대."

"이제 무서워서 어떻게 돌아다녀."

"정말이지, 그런 변태 놈은 잡아다가 평생 감옥에서 썩게 해야 된다니까?"

"맞아. 아니면 발목에 전자 발찌를 콱 채워 놓던가."

그 변태, 우리 아빠거든요? 그리고 요즘 이상한 짓거리를 하고 돌아다니긴 하지만 원래부터 나쁜 사람은 아니거든요? 나는 두 주먹을 꽉 쥐고서 그 자리를 떴다.

슈퍼 문을 열어보니, 아빠는 매장 안을 불안하고 초조하게 서성이고 있었다.

"왜 그래? 똥 마려워?"

"⋯⋯."

"내가 가게 볼 테니까 얼른 화장실 다녀와."

"⋯⋯."

아빠를 지켜보다가 나는 깨달았다. 그가 지금 바바리맨 변신 욕구를 견디고 있음을. 한마디로, 변태 에너지 충전이 필요한 거였다.

저녁 내내 나는 조마조마한 심정으로 아빠를 감시했다. 역시나 내가 예상한 대로 그는 잠자리에 들기 전 슬며시 집 뒤편으로 가서 바바리맨 변신을 했다. 야자를 마친 여고 누나들이 쏟아져 나올 시간이었다.

바바리맨은 가로등을 피해 언덕길을 내려갔다. 쓰레기봉투를 뒤지던 길고양이가 발소리를 듣고는 주차된 차 밑으로 기어 들어갔다. 걸음을 옮기며 바바리맨은 적당한 범행 장소를 찾듯 연신 주위를 두리번거렸다.

아빠는 자신이 조금 손해를 볼지언정 남에게 절대 폐를 끼쳐서는 안 된다고 했었다. 그게 함께 살아가는 사회에서의 도리라나. 내가 유치원 때의 일이다. 수업을 마치고 보니 비가 내리고 있었다. 우산을 갖고 오지 않은 나는 어떡할까 고민하다가 무심코 우산꽂이에 있는 것들 중에서 하나를 꺼내 들었다. 지금도 선명히 기억난다. 우산의 색깔과 모양, 손잡이의 촉감까지. 그날 저녁식사 시간에 가족들과 대화를 하던 나는 별 생각 없이 우산에 얽힌 일을 꺼냈다. 그러자 아빠는 우산 주인 아이는 비를 맞으며 집으로 갔을 것이고, 우산을 잃어버린 것에 대해 부모에게 혼이 났을지도 모른다며 엄청나게 화를 냈다.

다음날. 아빠는 품에 간식거리를 잔뜩 안고서 나와 함께 유치원으로 향했다. 내가 몸을 비틀며 뭉기적거리자 억지로 내 손을 잡아끌었다.

"아빠, 이번만 그냥 넘어가면 안 될까?"

"안 돼. 그러면 똑같은 잘못을 되풀이하게 될 거야."

유치원에서 나는 아빠의 명령으로 아이들에게 전날 내가 한 행동을 고백해야 했다. 팔짱을 낀 채 싸늘한 표정으로 서 있는 아빠를 보며 한참을 끙끙거린 뒤에야 나는 겨우 말문을 열 수 있었다.

"어제 저는 친구의 물건을 훔쳤습니다……."

그날 나는 아빠 때문에 굉장히 힘들고 괴로웠지만, 그가 밉거나 싫지는 않았다. 그건 아마도 아빠가 옳았기 때문일 거다. 그런데 그런 그가 지금 무슨 짓을 하려는 걸까. 그때 내게 보여준 모습은 어디로 사라졌을까.

한적한 골목을 지나던 바바리맨이 갑자기 멈칫거렸다. 왜 저러지? 나는 바바리맨에게 들키지 않도록 조심하며 골목을 살펴보았다. 그러자 여고생에게 치근대는 커다란 덩치의 남자가 보였다.

"잠깐이면 된다니까."

"부탁이에요. 그냥 보내주세요."

덩치는 한눈에도 건달이나 조폭이 분명했다. 나라꼴 잘 돌아간다. 바바리맨이 설치질 않나, 조폭이 깝치질 않나…….

"자꾸 짜증나게 하면 이 오빠 화낸다!"

"저, 남친도 있어요."

"누가 사귀자고 했냐? 그냥 노래방에서 놀기만 하자고."

바바리맨은 덩치와 여고생을 못 본 척 지나쳤다. 안타깝지만 어쩔 수 없을 것이었다. 충동적으로 히어로 흉내를 냈다가는 늘씬 얻어터지기 십상이니까.

아빠 대신 여고생을 도와주기로 마음먹고 내가 파출소 방향으로 몸을 튼 순간이었다. 바바리맨이 얼굴에 가면을 쓰고서 좀 전에 지나친 골목으로 성큼성큼 걸어갔다. 깜짝 놀란 나는 헉, 소리를 내뱉었다. 어쩌려고 그래. 아빠는 바바리맨이지, 슈퍼맨이나 배트맨이 아니야!

"너, 너 뭐야?"

덩치는 얼떨떨한 표정으로 바바리맨을 쳐다보았다. 똘끼 있는 겉모습에 당황한 눈치였다.

"내 말 안 들려? 너 뭐냐고."

바바리맨은 아무 대답도 하지 않았다.

"빨리 안 꺼져!"

바바리맨은 입고 있던 코트를 확 펼쳤다. 그러자 덩치는 움찔 놀라며 으악, 소리를 쳤다. 그 장면을 본 나는 깨달았다. 알몸 자체가 무기가 된다는 것을. 바바리맨의 잔털이 돋은 앙상한 맨몸을 보면 남녀노소 상관없이 심각한 정신적 데미지를 받는 것이다. 그런데 문제는, 그게 전부라는 거였다. 바바리맨은 그 이상 어떤 액션을 취하지 않았고, 결과적으로 덩치의 화만 돋운 꼴이 되고 말았다. 덩치는 씩씩거리며 바바리맨에게 달려들었다.

퍽!

얼굴을 얻어맞은 바바리맨은 곧바로 나가떨어졌다.

"너, 오늘 나한테 죽어봐라."

덩치는 쓰러진 바바리맨에게 사정없이 발길질을 해댔다. 바바리맨이 흘리는 신음이 멀리 떨어진 나에게까지 고스란히 들려왔다. 나는 경찰을 데려와야 하는지 고민했으나, 만약 그렇게 하면 바바리맨 역시 잡혀갈 것이 뻔했기에 그저 발만 구를 수밖에 없었다.

퍽! 퍽! 퍽!

더 이상 보고만 있을 순 없다고 판단해 파출소로 달려갈 찰나였다. 바바리맨이 코트 주머니에서 뭔가를 꺼내 덩치에게 정체를 알 수 없는 액체를 분무했다. 그러자 덩치는 얼굴을 감싸쥔 채 비명을 내질렀다. 호신용 스프레이. 슈퍼의 크레인게임기에 있는 것이었다. 바바리맨도 나름의 특수 장비를 갖추고 있다는 사실에 나는 크게 감탄했다.

바바리맨은 기회를 놓치지 않고 재빨리 반격에 나섰다. 먼저 주먹으로 덩치의 얼굴을 친 다음 발을 날려 배에 한방 먹였다. 뒷벽에 쿵, 소리를 내며 몸을 부딪힌 덩치는 바닥에 널부러졌다. 바바리맨은 곧장 덩치를 걷어차며 공격을 이어갔다. 내 아빠가 맞나 의심될 정도로 날쌘 동작이었다.

"자, 잘못했어. 그만해!"

덩치가 싹싹 빌자 바바리맨은 그제야 때리는 동작을 멈췄다. 한밤에 벌어진 UFC 타이틀매치가 막을 내리는 순간이었다. 꽁무니를 빼고 달아나는 덩치를 보며 나는 비로소 안도의 숨을 내쉬었다.

얼마간 시간이 흐르자 구석에서 등을 보인 채 웅크리고 있던 여고생이 조심스레 몸을 일으켰다. 그 누나는 주위를 살피며 상황 파악을 한 뒤 놀란 표정으로 바바리맨을 쳐다보았다. 아무래도 스프레이 뿌리는 모습을 보지 못한 탓에 바바리맨이 덩치를 맨손으로 제압한 걸로 착각하는 것 같았다.

"정말 고맙습니다!"

여고생이 감격한 표정으로 말하자 바바리맨은 어서 가보라는 손짓을 해보였다. 그러고는 뒤돌아서서 유유히 어둠 속으로 사라졌다. 바바리 자락을 망토처럼 휘날리며.

아저씨는 멋진 분이에요

1

꽤 오랫동안 용두동에 살았지만 도서관이 있는지 몰랐다. 토요일인데도 열람실에는 많은 사람이 있었다. 나이대도 다양했다. 아저씨와 아줌마는 자격증 공부를, 대학생은 토익 공부를, 중고딩은 시험공부를 했다. 우리나라에서는 죽을 때까지 공부를 해야 하는 모양이다. 역시 여건만 되면 건물주를 하는 게 장땡이다.

종합자료실에 들어간 나는 '심리' 코너로 몸을 틀었다. 억눌린 성적 욕구만으로는 아무래도 아빠의 바바리맨 변신 이유가 부족해 보여 좀 더 자세히 인터넷 검색을 해보았는데, 어떤 자료에선 '프로이트'란 이름의 할아버지를 들먹였다. 프로이트가 어쩌

고, 무의식이 어쩌고…… 그것이 내가 어울리지 않게 도서관을 찾
게 된 이유다.

오랫동안 서가를 헤맨 끝에 나는 프로이트 할아버지의 책(청소
년용으로 쉽게 풀어져 써진 것)을 손에 넣었다. 표지에 프린트 된 심
각한 표정의 프로이트 할아버지를 보니 평생 동안 웃음이라곤 지
어본 적 없는 것 같은 느낌이었다. 어쩌면 이 할아버지는 '나는 왜
웃음이 없을까'를 고민하는 중에 뜻하지 않게 정신분석학의 대가
가 되지 않았을까?

바닥에 쪼그려 앉아 벽면에 등을 기댄 채 나는 책을 읽기 시작
했다. 딱딱한 문장과 전문용어 때문에 읽기 쉽지 않았지만 꾹 참
았다. 아빠가 변태가 되도록 내버려둘 수는 없으니까. 감옥에 가게
할 수는 없으니까.

삼분의 일 정도 책 읽기를 마쳤을 때, 불현듯 눈에 들어오는 문
장이 있었다.

'트라우마란 사고로 인한 정신적 상처를 말한다. 어른이 된 사
람들의 특이한 행동은 어릴 때 생긴 트라우마와 깊이 연관된 경우
가 많다'

그러고 보니 떠오르는 기억이 있었다. 막내 이모네가 우리 집
에 놀러왔을 때의 일이다. 나보다 두 살 어린 외사촌 진우는 동팔
이의 화를 잔뜩 돋우었다. 쥐포를 들고서 줄 듯 말 듯 약을 올린 거
다. 나는 동팔이도 욱하는 성질이 있다며 그만하라고 충고했지만

진우는 낄낄거리며 멈추지 않았고, 결국 참다못한 동팔이가 진우의 손을 무는 사건이 터지고 말았다. 그렇다고 크게 다친 건 아니고 살갗에 살짝 핏방울이 맺힌 정도다. 그런데 듣기로는 그 후 진우는 개만 보면 질겁을 하고 도망 다닌다고 한다. 바로 이런 게 트라우마가 아닐까?

나는 잠시 머리를 식힐 겸 책을 덮고 일어나 삼층에 마련된 야외 휴게실로 갔다. 테라스 난간에 기대서자 멀리 하나의 점으로 찍힌 우리 집이 보였다. 아빠의 어린 시절은 어땠을까. 어쩌면 그 시간 속에 바바리맨 변신 이유가 숨어 있을까. 생각에 빠져 있노라니, 문득 곁에 있는 여고생 누나들의 대화가 들려왔다.

"너, 그 얘기 들었어? 바바리맨이 치한에게 걸린 2반 애를 구해 줬대."

"나도 알아. 바바리맨 아니었으면 큰일 날 뻔했다나봐."

"바바리맨, 좆나 싸움을 잘한대."

"특공무술 유단자라고 하던데?"

아빠가 특공무술 유단자라니, 기가 찬다.

"얼굴도 되게 잘 생겼을 거 같지 않니?"

"엄청난 훈남이란 소문도 있더라."

"나도 한번 바바리맨에게 걸려보고 싶다."

하, 조금 있으면 바바리맨 정체가 아이돌 스타라는 소문도 돌겠구먼.

서너 시간이 흘러 도서관을 나서자 늦은 오후가 되어 있었다. 나는 거리의 간판을 올려다보며 집을 향해 느릿느릿 걸었다. 아레나 모텔, 스피드 피시방, 피자헛, 이디야 커피, 청해 횟집…….

"동현아!"

고개를 숙이자 청해 횟집 앞의 파라솔 의자에 앉아 있는 백부가 눈에 들어왔다. 그 맞은편에는 처음 보는 낯선 아저씨가 있었는데, 턱수염이 아주 근사했다.

"왜요?"

"왜긴, 어른이 부르면 네, 하고 냉큼 와야지."

썩 내키지 않았지만 나는 백부에게 다가갔다.

"어디 갔다 오냐?"

"뭐, 그냥 바람 좀 쐬고 왔어요."

백부는 껄껄 웃었다.

"바람도 쐬러 다니고, 동현이가 낭만을 아는구나!"

테이블에는 소주와 정체불명의 불그스레한 음식이 담긴 접시가 놓여 있었다. 음식을 가리키며 이 징그럽게 생긴 건 뭐냐고 물으니 백부가 멍게라고 대답했다.

"한번 먹어볼 테냐?"

백부의 질문에 나는 고개를 절레절레 흔들었다.

"욘석아, 이게 바다의 맛이야."

백부는 멍게 한 점을 집어 우물거렸다.

"입 속에 넣고 가만히 있으면 파도 소리가 들린다니까?"

멍게 살점에 블루투스 스피커라도 달렸나 보다.

"참, 인사드려라. 이 근처에 사시는 분인데, 굉장히 유명한 가수시다."

백부가 건너편 턱수염 아저씨를 가리키며 말하자 나는 콧방귀를 뀌었다. 가수는 개뿔. 그런 사람이 이 후진 동네에 찾아와 백부랑 술 마실 리가 있겠어?

"딱 우리애만 한 나이네요."

턱수염 아저씨는 팔을 뻗어 내 머리를 쓰다듬었다. 왠지 표정이 몹시 어두웠다.

"너무 걱정하지 말게. 조금 시간이 지나면 자네 아들내미도 이해해줄 거야."

백부의 말을 들은 턱수염 아저씨는 세수하듯 두 손으로 얼굴을 문지르며 중얼거렸다.

"저도 그랬으면 좋겠는데……."

저 아저씨네는 아들이 속을 썩이는 모양이구먼. 어느 집에나 문제를 일으키는 인물이 하나씩은 있다. 그게 대부분은 어린 자식들인데, 어째 우리 집은 다 큰 부모다. 아빠 생각을 하자 돌연 혈압이 오른 나는 이마에 손을 짚었다.

"이분은……."

갑자기 파출소장님이 나타나 턱수염 아저씨를 뚫어지게 쳐다보왔다. 파출소장님 옆에는 최순경이 서 있었는데, 삐쩍 말라서 꼭 사마귀 같은 인상이다. 개구리와 사마귀. 어울리지 않는 콤비다.

"호, 혹시, 나훈아 사마!"

파출소장님은 그렇지 않아도 큰 눈을 더 크게 떴다.

"이렇게 직접 나훈아 사마를 알현하게 되다니! 이 누추한 곳에는 어인 일로다가 납시었습니까?"

자세히 보니 파출소장님은 흥분으로 몸까지 떨고 있었다. 나는 턱수염 아저씨에게로 고개를 돌렸다. 정말 유명한 가순가? 나훈아라면 나도 몇 번 들어본 적 있는데.

"저, 소장님. 실망시켜서 대단히 죄송한데, 이분은 진짜가 아닙니다."

백부의 말에 파출소장님은 여전히 턱수염 아저씨에게 시선을 고정한 채 건성으로 물었다.

"진짜가 아니라니, 그게 무슨 소립니까?"

"그러니까…… 말 그대로 진짜가 아니라는 거죠. 모창가수입니다."

그제야 파출소장님은 백부를 돌아보았다.

"모창가수?"

"그렇습니다. 주로 지방 행사나 카바레에서 공연을 합니다."

턱수염 아저씨는 자리에서 일어나 자신을 소개했다.

"안녕하세요. '나, 후, 나' 라고 합니다."

"나후나? 나훈아가 아니라 나후나?"

파출소장님은 허탈한 표정으로 턱수염 아저씨의 위아래를 훑었다. 나는 속으로 웃었다. 그러면 그렇지!

"싼맛에 찾는 짝퉁이라는 겁니까?"

백부는 난처한 표정으로 입을 열었다.

"뭐 그렇긴 한데, 짝퉁은 무시하는 말이니까 모창가수라고 부르시는 편이……."

턱수염 아저씨가 끼어든 건 그때였다.

"괜찮습니다. 모두들 그렇게 부르는 걸요."

말을 마친 턱수염 아저씨는 허허, 웃었다. 그러나 그 웃음 끝에서는 살짝 쓸쓸함이 배어났다.

"그런데 무슨 사건이라도 터진 겁니까? 이렇게 무장 병력까지 거느리고……."

화제를 돌리려는 듯, 백부가 허리에 곤봉을 찬 최순경을 넘겨다보며 파출소장님에게 물었다. 파출소장님은 인상을 구기며 대답했다.

"자꾸 민원이 들어와서요."

나와 눈이 마주친 최순경은 어색한 표정으로 고개를 외틀었다. 사실 우리는 상당히 낯익은 사이다. 피시방에서 자주 마주치기 때문이다.

"변태 놈이 설친다잖아요. 애들 귀갓길이 걱정된다나."

백부가 실실 웃었다.

"바바리맨을 말씀하시는 거군요. 저도 소문 들었습니다. 요즘 애들 사이에서 큰 화제가 되는 모양이더라고요."

아빠 때문에 여러 사람 피곤하게 됐다. 아빠는 이런 사실을 꿈에도 모르겠지?

"안 그래도 바빠 죽겠는데, 별게 다 속 썩이고 난리야! 할 일 없으면 인터넷으로 맞고나 치지, 애들 앞에서 옷은 왜 벗어."

"견찰들이 참 고생하게 됐네요."

"거, 발음 좀!"

"아이구, 죄송합니다. 경찰이요, 경찰."

"가만 보면 일부러 그러는 거 같아!"

파출소장님의 화가 가라앉자 백부는 말했다.

"제가 보기에는 바바리맨이 아이들의 지루한 일상에 활력소가 되는 점도 있는 것 같습니다. 알고 보면 참 불쌍한 애들이죠. 하루 종일 닭장 같은 곳에서 0교시 보충수업부터 시작해 야자까지 소화하고, 거기에다 학원도 가야 하니 말입니다. 그렇다고 졸업하면 뭐가 달라집니까? 학교가 직장으로, 야자가 야근으로, 내신은 인사 고과로 바뀌는 거죠."

파출소장님은 뚱한 표정으로 백부를 쳐다보았다.

"그런 아이들이 바바리맨 얘기를 하며 생기와 활기를 찾더라고요. 그리고 사실, 미국엔 슈퍼맨, 배트맨 같은 맨도 참 많은데, 우리

나라엔 그동안 변변한 맨 하나 없었단 말이지요. OECD 가입국가
도 됐겠다, 이젠 맨 하나 있는 것도 괜찮지 않겠습니까? 미국에 슈
퍼맨이 있다면 대한민국엔 바바리맨이 있다!"

익숙한 시추에이션대로, 파출소장님이 백부를 향해 끌끌, 혀를
차며 돌아섰다.

오늘따라 종민이가 이상했다. 심심하면 찌르던 내 옆구리도 건
드리지 않고 그저 조용히 책상에 엎드려 있었다. 귀에 이어폰을
꽂은 채로.

"도대체 뭘 듣는 거야."

한쪽 이어폰을 빼내어 귀에 대보니 애절한 발라드 곡이 흘러나
왔다. 이건 또 무슨 시추에이션인가. 나는 종민이의 옆구리를 쿡
찔렀다.

"야, 너 왜 그래?"

종민이는 허리를 비틀며 자기를 가만히 내버려 두라고 했다.

"혹시 강세나 때문이야?"

"……."

둘 사이에 무슨 일이 있었군.

수업 시간이 되어 교실로 들어온 브랜든은 아이들의 이름을 부
르며 편지를 나눠주었다. 소연, 민준, 지민…… 편지를 받고 기뻐
하는 애들을 보다가 나는 시큰둥한 기분으로 창을 향해 고개를 틀

었다. 안녕, 하는 낯간지러운 인사말로 시작하는 편지 내용이 안 봐도 눈에 훤하다.

"종민."

자신의 이름이 불리자 종민이는 못 이기는 척 앞으로 나갔다. 편지를 받아든 그애의 얼굴에 설렘과 기쁨의 표정이 스치는 걸 나는 놓치지 않았다. 분명 강세나가 보낸 건 아닐까 기대하겠지? 자리에 앉은 종민이는 누가 볼세라 구석으로 몸을 튼 채 편지를 읽었다.

"마지막 편지의 주인공은 동현이네요."

나는 느리게 몸을 일으켰다. 브랜든에게서 연분홍색 편지 봉투를 받아들자 기분이 이상야릇했다. 좋은가 하면 그렇지도 않고, 싫은가 하면 그것도 아니었다. 자리로 돌아가며 교실을 살펴보니 편지를 받지 못한 아이들의 얼굴에 실망한 표정이 가득했다. 강세나역시도 몹시 시무룩해보였다. 하아…… 안 그래도 신경 쓸 게 많은데 골치 아프게 하네.

수업 중에 슬쩍 편지를 뜯어보니, 편지지에 작고 동글동글한 글씨체로 몇 줄이 적혀 있었다.

나의 새로운 친구에게

안녕, 너에게 첫 편지를 쓰는구나.

나는 너를 뽑아서 참 좋았어. 네가 어떤 앤지 늘 궁금했거든.

이번 계기로 친해져서 너에 대해 많은 걸 알게 되었으면 해.

그럼 또 보낼게. ^^

  분명 남자애는 아닌 것 같았다. 같은 남자에게 너를 뽑아 좋다느니, 네가 궁금하다느니 하지는 않을 테니까.

  수업이 마치자 종민이는 내가 말을 걸 틈도 없이 후다닥 교실을 빠져나갔다. 언제나 헤실헤실 웃는 애가 우울해하니까 기분이 영 좋지 않았다. 지금이라도 강세나는 너에게 전혀 관심이 없다고 알려야 할까? 고민에 빠진 채로 교실을 빠져 나가려니, 누군가 내 한쪽 어깨를 톡톡 건드렸다. 뜻밖에도 강세나였다.

  "소동현, 지금 바빠?"

  "뭐, 별로."

  "나한테 시간 좀 내줄 수 있니? 너한테 물어볼 게 있어."

  "물어볼 거?"

  "응."

  "물어봐."

  "여기서는 좀 그렇고……."

  무슨 말이길래 이렇게 유난을 떠는가 싶었지만, 일단 나는 강세나를 데리고 학원 건물을 빠져나왔다. 그런 뒤 얘기를 나눌 마땅한 장소를 찾다가 근처에 있는 작은 놀이터로 갔다. 나와 함께 벤치에 앉은 강세나는 주위를 둘러보며 입을 열었다.

"놀이터에 애들이 아무도 없네?"

이봐, 우리도 애들이거든? 신발코를 내려다보며 나는 입을 열었다.

"전부 학원 갔겠지. 그리고 요즘에는 위험하다고 놀이터에서 못 놀게 하잖아."

강세나는 고개를 끄덕였다.

"맞아. 위험한 어른들도 있고."

위험한 어른이라…… 예를 들면 바바리맨 같은?

"너 말이야, 처음 봤을 때 좀 이상한 앤 줄 알았어."

"이상한 애?"

"응. 왠지 우리 또래 안 같다고 할까? 꼭 한두 살 많은 것 같았어."

그런 걸 어른들은 속에 능구렁이가 들어앉았다고 하지.

"하지만 지금은 그런 네 모습이 좋아. 다른 남자애들처럼 유치한 장난도 치지 않고."

갑자기 가슴이 콩닥거리며 얼굴에 열기가 느껴졌다. 당황한 나는 얼른 말머리를 돌렸다.

"나에게 물어볼 건 뭐야?"

강세나는 조금 뜸을 들였다가 입술을 뗐다.

"별건 아니고……."

별게 아닌데 왜 따로 불러서 이러는 건데?

"너, 종민이랑 친하지?"

"종민이?"

친하다고 해야 하나……. 그냥 내 옆에 붙어 있으니까 어울리는 거뿐인데.

"걔가 요즘 나한테 이상하게 굴거든. 만날 카톡으로 말 걸고, 괜히 내 앞에서 얼쩡거리고……."

살며시 바람이 불자 강세나에게서 향긋한 냄새가 풍겼다. 큼큼, 헛기침을 한 뒤에 나는 말했다.

"무슨 이유인지는 모르겠지만, 종민이는 네가 자기에게 관심이 있다고 생각해."

나 때문이라고는 죽어도 말 못 하겠다. 사실을 알면 나를 죽이려고 하겠지?

"어쩐지……."

"그래도 종민이, 착한 애야."

애가 좀 모자라서 그렇지. 나는 뒷말은 꿀꺽 삼켰다.

"착하긴 하지……."

말끝을 흐리는 게 얘도 뒷말은 삼키는 것 같다. 문득 허리를 꼿꼿하게 세우고 있는 강세나의 자세를 발견하고서 나는 물었다.

"허리 안 아파? 좀 편하게 앉아."

강세나는 얼굴을 붉히며 대답했다.

"나, 스튜어디스 되는 게 꿈이야."

갑자기 웬 꿈? 나는 뚱한 표정으로 강세나를 쳐다보았다.

"스튜어디스가 되려면 가장 먼저 자세가 발라야 하거든. 영어 스피킹도 잘해야 돼서 지금 학원에 다니는 거야."

애가 유별난 면이 있네. 나중에 결혼해서 엄마 되면 자식 잡을 아이다.

"너는 꿈이 뭐야?"

갑작스런 질문에 나는 당황했다. 건물주라고 하면 어떨까. 담임 선생님처럼 황당하다는 반응을 보일까?

"뭐, 다음에 말해줄게."

강세나는 서운한 표정을 짓더니 "피, 치사해!"라고 대꾸했다. 그런데 그 표정이 너무 귀여웠다. 나는 딴청을 피우듯 시선을 돌리며 말했다.

"있잖아, 너처럼 노력하다가 꿈을 못 이루면 어떡해? 실패하면 어떡하냐고."

나는 아빠를 떠올렸다. 아빠가 오랫동안 소중히 간직한 꿈. 그러나 그 꿈은 와르르 무너지고 말았다. 아마도 그걸 지켜봤을 때인 것 같다. 꿈이 반드시 이뤄지는 게 아니란 사실을 깨달은 것이.

"실패해도 상관없어."

강세나는 입가에 미소를 지었다. 이제 막 소풍을 떠나는 것마냥 떨림과 기대감에 가득 찬 미소였다.

"그 실패한 인생을 사랑할 테니까. 나는 남들이 성공했다고 말하는 인생보다 내 자신이 사랑하는 인생을 살고 싶어."

　내 자신이 사랑하는 인생……. 집을 향해 걷는 내내 강세나의 말
이 귓가에 메아리쳤다. 마치 큰 펀치를 얻어맞은 기분이었다. 그동
안 나는 꿈을 생각할 때, 한 번도 사랑과 연관 짓지 못했다. 왜냐면
그렇게 말해 준 사람이 없었던 거다. 모두들 꿈이란 연봉이나 정
년 보장, 혹은 사회적 지위를 따져야 한다고 했다.
　'강세나 말이 맞는 걸까.'
　한참 고민에 잠겨 있는데 누군가 동현아, 하고 내 이름을 불렀
다. 시인 아줌마였다. 웬일인지 옷도 쫙 빼입고 얼굴에는 화장도
한 상태였다.
　"어디 갔다 오세요?"
　"문화센터 강의."
　"강의요?"
　강의를 하다니, 사람이 조금 달라 보인다.
　"강의하면 페이는 얼마나 줘요?"
　시인 아줌마는 내게 꿀밤을 먹였다.
　"그건 알아서 뭐하려고. 그리고 페이라는 말은 또 어디서 배운
거야!"
　거리에 경찰이 유난히 자주 눈에 띄었다. 그들은 으슥한 골목을
살펴보기도 하고 행인들을 관찰하기도 했다. 아줌마가 뭔 일이 터

졌나, 하고 중얼거리자 나는 작게 대꾸했다.

"아마 바바리맨 때문일 거예요."

"아……."

"소문 들으셨어요?"

"응."

"아줌마도 바바리맨이 무섭고 싫으세요?"

아줌마는 가볍게 웃었다.

"전혀. 그냥 그 사람의 코트가 영국 버버리 메이커일까 궁금증만 드는데? 그거, 백화점에서 파는 진품은 무진장 비싸."

역시 사차원. 혹시라도 결혼하게 되면 시 쓰는 여자와는 절대 하지 말아야지.

"저기, 아줌마."

강세나의 말을 떠올린 나는 조심스레 입을 열었다.

"아줌마는 자신의 인생을 사랑하세요?"

가만히 나를 건너다본 뒤에 아줌마는 명랑하게 대꾸했다.

"그럼, 사랑하지. 어디 사랑뿐인가. 증오도 하고, 원망도 하고, 분노도 하고, 때로는 불쌍해하기도 하지."

"뭐가 그렇게 복잡해요."

"알고 보면 아주 단순해. 그 모든 감정이 다른 게 아니거든. 사랑이란 커다란 줄기에 원망, 증오, 연민 같은 곁가지가 뻗쳐 있지. 그러니까 모두 사랑인 거야."

무슨 뜻인지 모를 말을 하는 아줌마를 향해 나는 인상을 찌푸렸다.

헤어져야 하는 갈림길이 나오자 아줌마는 내 앞에 쪼그려 앉아 장난기 묻은 음성으로 말했다.

"동현 군! 요즘 고민이 많은가보네요. 나중에 시간 내서 우리 찬찬히 얘기 나눠요."

내가 애 취급하지 말라고 하자 아줌마는 깔깔 웃었다.

주변 상황이 안 좋은 쪽으로 흘러가는 동안에도 아빠는 바바리맨으로서 부지런히 활동했다. 바바리맨에게 당한 여고생 누나들은 갑작스런 일에 놀라 비명을 지르기는 했지만, 소문으로 인해 경계심이 무뎌진 탓인지 이전과 달리 크게 무서워하거나 불쾌해하지 않았다. 아니, 그러기는커녕 친근감 있게 말까지 거는 경우도 있었다. "정말 무술 유단자예요?" "내일이 시험인데, 아저씨 덕분에 긴장감이 누그러졌네요." "가면 좀 벗어봐요. 얼굴 궁금해요!" 아빠 역시 바바리맨 경력이 쌓이자 한결 편안하고 여유롭게 비명을 감상하는 태도를 보였는데, 어떤 때는 도망을 치며 손까지 흔들기도 하였다. 그런 중에, 바바리맨의 영웅적 이미지에 따뜻한 인간미가 더해지는 사건이 일어났다.

그날은 부슬비가 내렸다. 아빠는 이른 아침부터 슈퍼 카운터를 비워두고서 바바리맨으로 변신을 했다. 놀토라서 집에 있던 나는 보이지 않게 바바리맨을 쫓았는데, 그는 온몸에 고스란히 비를 맞으며 언덕길을 내려갔다. 아마도 우산을 쓰면 도망칠 때 불편하기 때문인 듯했다. 아무리 변태 에너지가 필요하다고 해도 그렇지, 저렇게까지 해야 하나. 바바리맨을 보며 나는 쓴웃음을 흘렸다.

이윽고 구석진 골목에 몸을 숨긴 바바리맨은 가면을 꺼내 얼굴에 썼다. 그러고는 노래라도 흥얼거리는지 보일락 말락 고개를 까딱였다. 그 태평한 모습을 보자 아빠가 바바리맨에 완전히 적응한 것 같은 느낌이 들었다.

바바리맨의 시선이 닿는 곳에 버스 정류장이 있었다. 아직 등교 시간 한참 전이라서 그곳은 텅 비어 있었다. 십 분 정도 지나자 버스 한 대가 도착하더니 한쪽 다리에 깁스를 한 여고생이 내렸다. 뿔테 안경을 쓴 그 누나는 목발을 짚은 채 언덕길을 올라갈 자신이 없는지 택시 잡기를 시도했다. 그러나 아무리 애를 써도 그 앞에 택시는 멈추지 않았다.

결국 여고생은 택시 타기를 포기하고 목발을 짚으며 혼자 언덕길을 올라가기 시작했다. 그러나 얼핏 보기에도 무척이나 위태로웠다. 빗물에 미끄러져 넘어질 뻔한 순간이 한두 번 아니었다. 골목에 숨은 바바리맨은 그 모습을 조용히 지켜보았다. 여고생을 오늘의 주인공으로 점찍은 모양이었다.

하지만 그런 내 예상은 반은 맞고 반은 빗나갔다. 여고생이 코앞에 다가오자 바바리맨이 튀어나가긴 했다. 그러나 코트를 펼치는 대신 그 누나에게 등을 내보인 채로 쪼그려 앉았다. 먼저 바바리맨의 등장에 놀라고, 이어서 그의 엉뚱한 행동에 놀란 여고생은 얼떨떨한 표정으로 서 있기만 했다.

"왜…… 이러세요?"

한참 뒤 여고생이 물었지만 바바리맨은 앉은 자세 그대로 잠자코 있기만 했다.

"등에…… 업히라고요?"

바바리맨은 고개를 끄덕였다.

"혹시, 학교까지 업어다 주실 거예요?"

바바리맨이 다시 고개를 주억거리자 여고생은 손으로 입을 가린 채 어쩔 줄 몰라 했다. 나는 바바리맨을 한심하게 쳐다보았다. 아무리 소문으로 인해 바바리맨에 대한 거부감이 사라졌다손 쳐도 그 등에까지 업힐 리 없다고 여겨졌던 거다. 변태에게 몸을 맡기다니, 그게 말이 돼?

그러나 이번 내 예상은 완전히 어긋나고 말았다. 한동안 고민하며 망설이는가 싶더니 여고생이 주춤주춤 바바리맨의 등에 업힌 것이다.

'하, 이건 반전이 막장드라마 급이네!'

바바리맨은 여고생을 업고서 힘겹게 언덕길을 오르기 시작했다. 후들거리는 다리가 분명하게 보였다.

'애쓴다, 증말.'

마침내 끝까지 언덕길을 오르자 바바리맨은 조심스레 여고생을 내려놓았다. 멀리서 봐도 지친 기색이 뚜렷했다. 여고생은 가방을 뒤적이더니 수줍은 표정으로 바바리맨에게 뭔가 내밀었다. 그것의 정체를 파악한 나는 입을 쩍 벌렸다.

몽쉘통통.

오랫동안 슈퍼집 아들로 살아온 나는 몽쉘통통이 여고생들에게 어떤 의미인지 너무나 잘 알고 있었다. 그것은 누나들 사이에서 화폐나 유가증권과 똑같은 의미이며, 피를 나눈 사이일지라도 선뜻 내주지 않는 것이고, 때로는 목숨을 걸고 지켜야 할 보물이었다.

"아저씨는 멋진 분이에요!"

말을 마친 여고생은 부끄러운 듯 얼른 몸을 돌렸다. 멍청하게 서 있다가 바바리맨은 집 쪽으로 걸어가기 시작했다. 칭찬은 고래뿐 아니라 변태까지도 춤추게 하는 힘을 갖고 있나 보았다. 바바리맨의 어깨가 들썩이고 다리에는 경쾌한 리듬이 실렸다.

큰바위 얼굴

아빠는 더 이상 무협지를 읽지 않는다. 대신 그 시간에 카운터 옆 좁은 공간에서 팔굽혀펴기를 하고 아령을 들었다 놨다 한다. 양쪽 귀를 잡은 채 쪼그려 뛰기도 하는데, 이건 누가 보나 벌 받는 꼴이라서 옆에 서 있으면 괜히 무안해진다.

"그렇게 운동해서 뭐하려고?"

내가 비아냥거리듯 묻자 팔굽혀 펴기를 하던 아빠는 나를 힐긋 쳐다보았다. 이마에 굵은 땀방울이 맺혀 있었다.

"자고로 남자는 근육이 있어야 하는 거야."

"그러니까, 근육 만들어서 뭐할 거냐고."

"들어가서 숙제나 해."

물론 나는 아빠가 운동에 빠진 이유를 잘 알고 있다. 조폭과 한

바탕 싸움을 벌이고 여고생 누나를 학교까지 업어다 주면서 자신의 저질 체력을 깨달은 거겠지.

드르륵.

내가 집 안으로 들어갈 찰나였다. 슈퍼 문이 열리며 만화방 아저씨가 나타났다. 아빠는 급하게 몸을 일으켰다.

"여긴 어쩐 일로……."

"요즘 통 얼굴을 안 비추시기에 무슨 일이 생기셨나 하고 와봤습니다."

하루가 멀다 하고 드나들던 단골이 뚝 발길을 끊었으니 가게 매상에 적지 않은 타격을 받았을 거다.

"혹시 신간이 없어서 안 오시는 겁니까? 그 이유라면 염려 놓으십시오. 어제 따끈따끈한 놈들로다가 잔뜩 들여놨습니다."

"그게 아니라……."

"무협뿐만 아니라 판타지, 로맨스, 추리 다 갖다 놨습니다. 입맛대로 골라보시면 됩니다."

어정쩡한 미소를 흘리는 아빠의 눈치를 살피다가 만화방 아저씨는 매장 한켠에 놓인 플라스틱 의자를 끌어다 앉았다.

"솔직히 말씀 드려서, 요즘 너무 힘들거든요. 사람들이 만화든 소설이든 전부 인터넷으로 보니 장사가 돼야 말이죠."

아빠는 말없이 고개를 주억거렸다.

"더 늦기 전에 다른 일을 알아봐야 하는 건 아닌지 모르겠어요.

하지만 이 나이에 무슨 일을 시작할 수 있을지……."

아빠와 만화방 아저씨는 쓸쓸한 표정으로 바깥 풍경을 바라보았다.

"뭐, 그건 그렇고……. 미친놈 얘기는 들으셨죠?"

"미친놈이요?"

"바바리맨 말입니다."

아빠의 얼굴에 깜짝 놀란 표정이 스쳤다.

"통장님이 자율방범대를 만들자고 합니다. 저보고 슈퍼 사장님에게 참여할 의향이 있는지 물어보래요."

나는 만화방 아저씨를 향해 입 모양만으로 말했다. 그 바바리맨 코앞에 있잖아요, 얼른 잡아가세요!

"아주 질이 나쁜 것 같진 않은데, 그래도 그런 놈이 동네를 휘젓고 다니는 건 불안하죠. 딸 가진 부모들은 더할 거고요. 그리고 집 값 떨어진다는 말도 하더라고요."

아빠는 마지못한 듯 고개를 끄덕였다.

"아무튼 저는 그런 놈들이 도무지 이해가 안 가요. 생판 모르는 남에게 빨가벗은 몸을 보일 용기가 어디서 나올까요?"

기어들어가는 목소리로 아빠가 대꾸했다.

"제가 듣기로, 팬티는 입었다고 하던데……."

"빤스를 입었다고 해도 그렇죠! 누런 오줌 자국도 있을 텐데, 그걸 어떻게 보여줘요?"

"마, 맞는 말씀입니다."

"이만 가보겠습니다. 방범대 할 생각 있으시면 연락주세요."

만화방 아저씨가 떠나자 아빠는 다시 팔굽혀펴기에 열중했다.

내 방으로 간 나는 침대에 걸터앉아 고민에 빠져들었다. 경찰도 움직이고 방범대까지 나서는 지금 상황에서 아빠를 계속 내버려 둬도 괜찮을까? 아니면 이쯤에서 두 팔 걷어붙이고 말려야 할까? 마치 방학숙제를 하나도 안 한 채로 개학을 맞은 것처럼 마음이 불안했다.

'정말 미치겠네!'

임금님 귀는 당나귀 귀, 하는 식으로 누군가에게 바바리맨에 관한 걸 전부 털어놓으면 기분이라도 후련할 것 같다는 생각을 하다가 나는 브랜든 때문에 억지로 하게 된 게임을 떠올렸다.

'편지에 쏟아내는 건 어떨까?'

누가 뽑았는지 비밀에 부친다고 했으므로 괜찮을 것 같았다. 게다가 강세나에게 계속 아무 편지를 보내지 않는 것도 은근히 마음에 걸리던 참이었다. 결심이 서자 나는 책상 앞에 앉았다. 그러고는 강세나의 얼굴을 그리며 말을 건네듯 편지를 쓰기 시작했다.

안녕.

어버이날에 쓰는 거 빼고 처음으로 써보는 편지라서 무척 쑥스럽다.

솔직히 나는 우리에게 편지를 쓰도록 하는 브랜든이 굉장히 싫었어.

학원에서 지겹도록 보는 얼굴, 무슨 할 말이 있나 싶었던 거지. 그런데 지금은 브랜든이 조금 고맙게 여겨지기도 해.

이유를 말하자면 내게 누구한테도 얘기하지 못할 고민이 생겼기 때문이야. 그래서 그걸 털어놓을 친구가 필요해진 거지. 고민이 뭐냐고? 그건 우리 아빠에 대한 거야. 아빠는 오래전에 사업을 하다가 쫄딱 망했어. 그 뒤로 몹시 찌질하게 살아왔지. 그런데 말이야. 그런 아빠가 요즘 들어 이상한 행동을 해.

그러니까 그게…….

가끔씩 바바리맨으로 변신을 하는 거야. 너도 바바리맨에 대해 들어봤지? 네가 알고 있듯, 아빠는 여자들 앞에서 옷을 들춰 알몸을 보여준 뒤 줄행랑을 치지. 아, 그렇다고 완전히 빨가벗은 건 아니야. 팬티는 입고 있어.

변태 짓을 하는 아빠를 보고 당황하던 나는 그 이유를 알아내기 위해 인터넷도 뒤져보고 도서관에서 책도 찾아봤어. 그 결과, 몇 가지 사실을 알아내긴 했지만 아직 확실한 건 몰라.

도대체 아빠는 왜 그런 똘아이 짓을 할까…… 정말 아빠 때문에 머리가 돌아버릴 것 같아. 그냥 내려벼둘 수도 없고, 무턱대고 말릴 수도 없고(자신의 바바리맨 짓거리를 자식이 알고 있으면 얼마나 창피해하겠어?).

뭐, 아무튼 내 얘기 들어줘서 고마워. 이렇게 말하고 나니까 한결 기분이 시원하다. 나중에 또 편지 할게.

"형수님, 얼른 나와보세요!"

편지를 다 쓰고 나자 바깥에서 삼촌 목소리가 요란스럽게 들려왔다.

"우리 가게에 나훈아가 왔어요!"

나훈아? 매장으로 뛰어가보니 짐작대로 얼마 전에 만났던 나후나 아저씨가 백부와 함께 서 있는 모습이 보였다. 아빠와 삼촌은 넋 나간 표정으로 나후나 아저씨를 쳐다보고 있었다.

"도대체 이게 무슨 일이야!"

나를 뒤따라 나온 엄마는 잰걸음으로 나후나 아저씨에게 다가가 질문을 퍼부어댔다. 여긴 무슨 일로 왔느냐, 이 근처에 공연이 있느냐, 혹시 재개발 소문을 듣고 알박기 하러 왔느냐. 엄마는 제멋대로 휴대폰을 꺼내들어 사진까지 찍으려 들었다.

"동현이 어머님, 그게 말이죠……."

백부가 멋쩍은 얼굴로 사실을 알리자 아빠와 엄마, 삼촌은 파출소장님이 그랬던 것처럼 맥 빠진 표정이 되었다.

"어쩐지, 뭔가 이상하더라니."

차갑게 한마디를 내뱉은 뒤 엄마는 휙 몸을 돌려 집 안으로 들어갔다. 이런 상황에 많이 익숙한 듯 나후나 아저씨는 조용히 미소만 흘렸다.

백부와 나후나 아저씨는 맥주 세 병과 새우깡 한 봉지를 산 다음 슈퍼 앞 평상에 앉았다. 딱히 할 일이 없던 나는 그 자리에 얼굴을 들이밀었다. 모창가수라는 것에 흥미를 느꼈는지 아빠와 삼촌도 은근슬쩍 끼어들었다. 평상 아래서 낮잠을 자던 동팔이가 기어나와 우리를 짜증스러운 눈길로 쳐다보았다.

모인 사람들끼리 서로 인사를 나누고 맥주 한 잔씩을 마신 뒤였다. 백부가 아빠를 보며 농담처럼 말을 건넸다.

"자네, 뭐 좋은 일 있는가? 얼굴이 좋아보는구면."

삼촌이 고개를 끄덕였다.

"맞아요. 요즘 뭔가 달라진 것 같아요."

아빠는 대꾸 없이 웃기만 했다. 나는 속으로 소리를 질렀다. 바바리맨 때문이래요! 변태 에너지를 충전해서 그렇대요!

"여어, 김 시인!"

갑자기 백부가 거리를 향해 손을 흔들었다. 고개를 돌려 보니 반질거리는 가죽 재킷을 입고 하늘색 스카프를 두른 시인 아줌마가 이쪽으로 걸어오고 있었다.

"어머나!"

우리 곁으로 다가와 나후나 아저씨를 본 시인 아줌마는 다른 사람들이 그랬던 것처럼 깜짝 놀랐다. 그러나 모창가수라는 사실을 알고서 실망하지는 않았다. 그러기는커녕 도리어 큰 흥미와 관심을 내보였다.

"영화 〈카게무샤〉가 생각나는군요! 나중에 모창가수에 대해 자세히 알려주세요."

시인 아줌마까지 더해지자 제법 큰 술자리가 되었다. 그러고 보니 우리 동네 잉여는 죄 모인 듯했다. 대낮부터 벌어진 술판을 보고 행인들이 혀를 차며 한마디씩 했다. "일자리가 없다고 하더니만……." "요즘은 한발만 삐끗하면 저렇게 된다니까." "잘 봐둬. 공부 안하면 저 사람들처럼 되는 거야."

백부는 나후나 아저씨를 가리키며 모두에게 말했다.

"나훈아의 모창가수가 전국적으로 백 명이 넘는다네. 나후나란 예명을 쓰는 사람만 해도 서너 명이나 되지. 그런데 그 모든 모창가수 중에서 이 친구가 탑이야. 외모도 가장 비슷하고, 노래 실력도 최고라고."

"아하, 쉽게 말해 SA급이군요!"

시인 아줌마의 말에 백부가 물었다.

"SA급이 뭔가?"

"짝퉁 중에서 진짜와 구분이 안 될 정도로 정교한 걸 그렇게 불러요. 'Super A'의 약자죠."

"짝퉁이라고 할 수도 있겠지만, 모창가수가 되기 위해 쏟아부은 이 친구의 노력과 열정을 알게 된다면 그렇게 부를 수 없을 걸세."

"어머, 무례를 했다면 정말 죄송해요. 비하하려는 뜻은 전혀 없었어요."

시인 아줌마가 사과를 하자 나후나 아저씨는 미소를 지었다.

"괜찮습니다. 다들 그렇게 부르는 걸요."

맥주 한 모금을 마시고서 나후나 아저씨는 다시 입을 열었다.

"헤아려보니, 모창가수로 살아온 지 벌써 이십 년이 훌쩍 지났네요……."

나는 놀라 얼른 물었다.

"이십 년이요?"

나후나 아저씨는 가만히 고개를 끄덕였다. 이십 년이란 시간을 나는 도무지 헤아릴 수 없었다. 정말로 내가 태어나기 전에도 이 세상은 존재하고 있었던 걸까? 사실 이 문제에 대해서는 그동안 몇 번 고민해봤는데, 막연히 내가 없었으므로 세상 역시도 없었을 거란 생각이 들곤 했다.

"모창가수로 활동하며 재밌는 일도 참 많이 겪었습니다. 거리에서 사인을 해달라는 이도 만났고, 택시기사가 요금을 안 받기도 했죠. 실수로 속도위반을 했을 때 교통순경이 봐주기도 했고요."

사람들이 크게 웃었다.

"그런 일들과 연관 지어서, 저는 닮은꼴인 제가 잘못된 행동을 하면 그 영향이 어떤 식으로든지 진짜 나훈아 선생님에게도 미칠 수 있다고 생각돼, 그동안 말과 행동을 극도로 조심해왔습니다. 길거리에 함부로 침을 뱉지도 않았고 무단횡단도 하지 않았죠."

백부가 고개를 끄덕였다.

"암, 그래야지! 그게 옳은 일이지!"

종이컵에 남은 약간의 맥주를 비운 뒤 나후나 아저씨는 웃음과

섞어 말을 이었다.

"고백하자면…… 너무 오랫동안 다른 사람으로 살아가다 보니, 제 자신을 잃어버리는 것 같아서 씁쓸하기도 합니다. 누군가 본명으로 부르면 못 알아듣기도 하고, 거울 속의 내가 낯설게 느껴질 때도 있지요."

진지한 표정으로 시인 아줌마가 입술을 뗐다.

"자기 자신을 잃어버린다니, 굉장히 의미가 깊은 부분이네요. 본래의 자신이란 뭘까, 그것이 존재할까, 하는 의문도 들고요. 원래 인간이란 싫든 좋든 타인의 영양을 받으며 성장하고 살아가니까요."

나후나 아저씨는 허허, 웃었다.

"뭐, 약간의 애로사항이 있긴 하지만, 그래도 저는 모창가수란 제 직업이 너무나 고맙고 자랑스럽습니다. 왜냐면 이것으로 여태껏 먹고 살 수 있었으니까요. 자식 키우며 가장 역할을 할 수 있었으니까요."

삼촌이 나후나 아저씨의 빈 종이컵에 맥주를 채워주며 물었다.

"어떻게 모창가수를 시작하게 되셨어요? 원래부터 가수를 하셨나요?"

나후나 아저씨는 난감한 표정을 지었다. 그러고 나서 오랫동안 망설이다가 아주 긴 얘기를 시작했다.

본명으로 살아갔을 때, 나후나 아저씨는 별 볼일 없는 사람이었다. 공부든 운동이든 싸움이든 잘하는 게 아무 것도 없었다. 특히 공부는 아저씨에게 큰 창피와 열등감을 안겨주었다. 아저씨가 다닌 중학교는 시험이 끝난 뒤면 교실 뒷벽에 등수표를 붙여놓았는데, 거기에서 아저씨의 이름은 항상 맨 아래 있곤 했다. 반 아이들은 아저씨를 보고 킥킥대며 귓속말을 주고받았다. 더러는 대놓고 놀리기도 했다. 등수표가 붙는 날이면 아저씨는 등굣길 버스에서 간절히 바랐다. 차라리 지금 교통사고가 나길. 그래서 이 버스가 휴지처럼 구겨지길.

그때 아저씨는 공부를 안 했다기보다 무언가를 해내는 방법을 몰랐다. 하이에나의 턱뼈처럼 한번 물면 끝까지 늘어지는 근성을 갖지 못했던 거다. 아저씨는 끝내 그 근성을 기르지 못한 채로 고등학교에 올라갔고, 지난 시간과 마찬가지로 놀림과 비웃음을 받으며 어서 빨리 학교라는 공간을 벗어나길 기도했다.

대학교에 가기를 포기하고 군대에 다녀온 뒤 아저씨는 자동차 정비소에 취직했다. 일은 고되고 봉급은 적었지만 아저씨는 그곳에서 아주 성실하게 일했다. 반드시 남들보다 한 시간 먼저 출근하고 한 시간 늦게 퇴근하곤 하였다. 그런 아저씨를 사장은 굉장히 마음에 들어했다.

정비소에서 일한 지 삼 년 정도가 지난 어느 여름날, 아저씨는 동료들과 함께 동해안으로 피서를 떠났다. 그때껏 한 번도 바다를 보지 못한 아저씨는 기쁘고 설레지 않을 수 없었다. 그러나 그곳에 도착해서는 수영을 못하는 탓으로 몇 번 물장난만 친 뒤 혼자 우두커니 모래사장에 앉아 있을 수밖에 없었다(군대까지 다녀온 어른으로서 고무 튜브는 사용하기에 창피했다).

따분함을 달래며 바닥의 고운 모래에 낙서를 하던 아저씨는 해변 한쪽에서 벌어진 모창 대회를 발견했다. 가까이 다가가보니 무대 뒤편에 걸린 현수막에 대상 상품으로 냉장고가 적혀 있었다. 잠깐의 고민 끝에 아저씨는 대회에 나가기로 마음먹었다. 상품이 탐나서가 아니었다. 노래 실력에 자신이 있어서도 아니었다. 이유는 오로지 하나, 너무 심심했기 때문이다.

무대에서 아저씨는 평소 즐겨듣던 나훈아의 노래를 불렀다. 상에 대한 욕심이 조금도 없기 때문에 떨지 않을 수 있었고, 그렇기에 순수하게 무대 자체를 즐기며 온전히 자신의 실력을 뽐낼 수 있었다. 노래를 마치자 사람들에게서 유독 요란한 박수가 터져 나오긴 했지만 아저씨는 별다른 기대 없이 무대 뒤편으로 가서 대회를 연 회사가 주는 공짜 맥주를 마셨다. 그런데 시상식에서 기적이 일어났다. 사회자가 대상에서 아저씨를 지목한 거였다. 너무 놀란 아저씨는 맥주잔을 든 채로 꺽, 딸꾹질을 했다.

그 후 아저씨는 시시때때로 시상식에서의 일을 떠올렸다. 그건 정말이지 너무나 황홀하고 짜릿한 기억이었다. 수백 번이나 되새김질해도 매번 당시의 떨림과 흥분, 기쁨이 고스란히 되살아났다.

내가 대상을 받다니! 일등을 하다니!

"어쩌면 자네에게 재능이 있는지도 모르겠군."

아저씨에게 모창가수에 대해 알려준 건 정비소 사장이었다. 음악을 너무 좋아해 젊은 시절에 밴드 활동까지 했던 그는 아저씨를 앞에 앉혀 두고 진지하게 얘기했다.

"외국에는 모창가수가 무척 많아. 엘비스 프레슬리, 아바, 비틀스……. 그 모두에게 수많은 이미테이션이 존재하지. 가짜라고 무시할지도 모르겠지만, 그들이 벌어들이는 돈을 알게 된다면 절대 그런 마음을 품지 못할 걸세. 우리나라도 앞으로 경제와 유흥 문화가 발전하며 모창가수에 대한 수요가 많아질 거야. 한마디로 전망이 아주 밝다는 말이지. 어떤가, 자네도 모창가수가 돼보는 것이."

사장의 권유를 들은 아저씨는 모창가수에 강하게 끌렸지만 선뜻 결정을 내리지 못했다. 그때껏 심한 열등감 속에서 살아왔기에 잘 해낼 자신이 없었던 거다. 괜히 도전했다가 상처만 받을까 봐 두렵기도 했다.

그러나 결국에 가서는(삼일 밤낮을 고민한 후에) 모창가수를 준비하기로 마음먹게 되었다. 이번 일을 통해 그동안의 자신 모습에서 벗어나고픈 생각이 크게 작용했기 때문이다. 아저씨는 인생 처음으로 도전이란 것을 해보기로 결심했다.

정비소를 그만둔 후 아저씨는 거의 일 년 동안 골방에 처박혀 나훈아의 공연이 녹화된 비디오를 보고 또 보며 노래와 몸동작을 익혔다. 하루 종일 오로지 연습만 하다가 밤이 되면 쓰러지듯 잠에 빠졌다. 태어나서 무언가에 그렇게 열성적으로 매달리기는 처음이었다.

웬만큼 모창 실력에 자신이 붙자 아저씨는 외모도 나훈아처럼 고치기로 마음먹고 성형외과를 찾았다(원래부터 겁이 많은 편이라서 수술에 대한 두려움이 엄청 컸지만 꾹 참았다). 의사의 권유대로 아저씨는 턱뼈와 광대뼈를 조금씩 깎았다. 운 좋게도 눈매만은 원래부터 나훈아와 비슷한 편이어서 얼굴 윤곽을 다듬자 단박에 그와 쏙 빼닮을 수 있었다.

이윽고 모든 준비를 마치고 공연업소에 나가보니, 그 세계에는 이미 수많은 나훈아 모창가수가 활동하고 있었다. 나운아, 나우나, 나운하……. 그들 틈에서 기가 많이 죽긴 했으나 아저씨는 꿋꿋이 버텨나갔다. 그리고 더욱 완벽한 모창가수가 되기 위해 계속해서 노력을 기울였다. 일을 마친 뒤 집으로 돌아오면 아무리 피곤해도 꼭 서너 시간씩 연습했고, 나훈아의 공연장을 찾아다니며 그 모습을 관찰하고 연구했다.

그렇게 시간이 흐르자 아저씨는 나훈아 모창가수들 중에서 단연 돋보이게 되었다. 공연을 본 사람들은 모창가수라는 사실을 믿지 못하거나 나훈아의 클론이라고 떠들어댔다. 아저씨를 섭외하려는 공연 관계자들이 줄을 이었고, 스케줄은 언제나 몇 달 치가 빽빽이 들어차 있었다. 몇 번인가 텔레비전에 출연하기도 했다. 그런 중에 아저씨는 생애 최초로 질투와 시기도 받아보았다. 당당하고 자신감에 찬 자신을 보고 아저씨는 깨달았다. 어느 사이 외면뿐 아니라 내면까지도 완전히 바뀌었음을.

나후나 아저씨가 말을 마치자 사람들은 감동에 빠진 표정으로 한동안 아무 반응이 없었다. 그러다가 시인 아줌마가 따뜻한 미소를 지으며 입을 열었다.

"흠…… 나후나 씨에게는 나훈아 선생님이 큰바위 얼굴이군요?"

나후나 아저씨는 의아한 얼굴로 시인 아줌마를 쳐다보았다.

"큰바위 얼굴이요?"

"미국 작가인 너새니얼 호손의 소설 제목이에요."

시인 아줌마는 작품 내용을 설명했다. '한 마을에 어니스트라는 이름의 소년이 살고 있었는데……' 큰바위 얼굴 이야기라면 나도 잘 알고 있었다. 독후감 숙제 때문에 책을 읽은 적이 있었던 거다. 곰곰이 생각해보니, 매일 큰바위 얼굴을 바라보다가 어느 틈에 그처럼 변한 어니스트와 나후나 아저씨는 정말 비슷했다.

"그렇군요, 큰바위 얼굴이 맞네요!"

시인 아줌마의 말을 들은 나후나 아저씨는 너털웃음을 터트렸다.

"시 쓰시는 분이라더니, 역시 다르군요."

나후나 아저씨의 웃음이 잦아들자 백부가 술기운이 스민 목소리로 중얼거렸다.

"기껏 노력해서 큰바위 얼굴이 되면 뭐하나. 이제는 다 소용없게 됐는걸."

아빠는 백부를 쳐다보았다.

"소용없게 되다니요?"

"모창가수 일을 접어야 할지도 모른다는 거네."

갑작스럽고도 뜻밖의 말에 모두 놀란 얼굴로 저마다 나후나 아저씨를 향해 한 마디씩 던졌다.

"몸에 이상이라도 생긴 건가요?"

"혹시 가수에 싫증이 난 겁니까?"

"불황이라서 일자리가 없는 거예요?"

나후나 아저씨는 대꾸 없이 자기 손에 든 종이컵만 내려다보았다. 이유를 알고 있는 것 같은 백부도 고개를 떨구고서 더 이상 입을 열지 않았다. 궁금증과 답답함 때문에 사람들의 표정이 묘하게 일그러졌다. 애가 타기는 나 역시 마찬가지였다. 도대체 왜 가수를 그만두려는 걸까…….

"그러니까 몇 달 전이었습니다."

한참이 지난 뒤였다. 고개를 숙인 채 침묵을 지키던 나후나 아저씨가 조심스레 사정을 털어놓기 시작했다.

"아내가 조용히 저를 불러 한 가지 얘기를 들려주더군요. 운동화를 사주기 위해 아들애와 백화점에 갔었는데, 이상하게 아이가 메이커는 싫다고 하더라는 겁니다. 그냥 시장에서 이름 없는 걸로 사달라는 거예요. 처음에 아내는 그런 아들애의 모습을 철이 든 걸로 여기며 무척 기특하게 생각했대요. 하지만 침울한 얼굴이 뭔가 이상해 이유를 캐물어보니 다른 속사정이 숨어 있었다는군요."

억눌린 한숨을 토한 뒤 나후나 아저씨는 이야기를 계속했다.

"제 직업으로 인해 아들애의 학교 별명이 '짜가'라는 겁니다. 그런 아이가 메이커 옷이라도 입고 있을라치면, 아이들이 그것도 짜가 아니냐며 놀린다는 거예요. 심지어 옷을 뺏어 쓰레기통에 버리기도 하고요. 더 화가 나고 슬픈 건, 그런 괴롭힘이 몇 년 전부터 죽 이어져왔다는 사실입니다. 집에선 아이가 전혀 티를 안내니 그동안 저와 아내는 감쪽같이 몰랐던 거죠."

시인 아줌마가 안타까움이 실린 목소리로 중얼거렸다.

"어린 마음에 얼마나 상처 받았을까······."

"제가 놀림과 멸시를 받는 건 얼마든지 참을 수 있지만, 자식 놈이 그런 일을 당했다고 생각하니까 정말이지 온 몸의 피가 거꾸로 솟더군요."

아빠는 나후나 아저씨에게 물었다.

"애가 몇 살인가요?"

"초등학교 6학년입니다."

6학년? 그럼 나랑 동갑이잖아? 나는 얼굴도 모르는 그 아이가 무척이나 불쌍하게 여겨졌다. 모르긴 해도 걔는 학교에서 왕따를 당하고 있을 게 분명하다.

"그래도 직업을 버릴 수는 없지 않겠나."

백부가 나후나 아저씨의 어깨를 손으로 감쌌다.

"전에도 말했지만, 종민이도 좀 크면 이해할 거야."

나는 화들짝 놀라 백부를 쳐다보았다. 종민이? 설마 내가 아는 그 종민이는 아니겠지?

용두동 슈퍼 히어로

1

생각해보면 내가 종민이에 대해 아는 건 거의 없다. 서로 학교가 달라 학원에서 잠깐 마주치는 게 만남의 전부라는 건 이유가 되지 못한다. 내가 종민이에게 온전히 마음을 열지 않았기 때문이다. 그 래서 그 애를 궁금해하지 않은 거다. 반면 종민이는 그동안 나에게 귀찮을 정도로 질문을 퍼부어댔다. 아빠와 엄마는 어떤 사람인지, 좋아하는 아이돌은 누군지, 혼자 있을 때는 뭐하고 노는지……. 어 쩌면 그건 외로움 때문일까. 친구가 아무도 없기 때문일까.

학원으로 향한 길목에 서 있노라니 멀리서부터 익숙한 얼굴이 나타나 점점 가까워졌다.

"뭐하냐?"

종민이가 묻자 나는 짧게 대답했다.

"너 기다렸지."

"왜?"

"같이 학원 가려고."

"네가 웬일이냐."

종민이와 걷는 내내 나는 온통 한 가지 생각에 사로잡혀 있었다. 과연 종민이의 아빠가 나후나 아저씨일까……. 물론 그게 사실이라고 하더라도 내가 그들의 문제를 척 해결해 줄 수 있는 건 아니었다. 하지만 도저히 궁금증을 떨칠 수 없었다.

종민이의 나이키 가방이 눈에 들어온 건 학원에 거의 도착했을 즈음이다. 그것이 내 답답함을 풀 수 있는 좋은 기회란 걸 깨달은 나는 종민이에게 물었다.

"네 나이키 가방, 진품 맞아?"

종민이의 양어깨가 움찔거렸다. 그 애 얼굴이 굳어지는 걸 보면서도 나는 멈추지 않고 말을 쏟아냈다.

"요즘은 만원이면 그럴 듯한 짝퉁을 살 수 있더라고."

종민이는 입술을 꽉 깨물고서 숨을 삼킨 다음 엄청나게 큰 목소리로 말했다.

"진짜야! 이거 진짜라고!"

분노에 찬 종민이는 고함을 질러대며 성난 소처럼 날뛰었다. 여태껏 그 애가 그렇게 화내는 걸 본 적이 없었다. 처음 보는 모습이 놀랍고 당황스러웠다. 뒤늦게 뭔가 굉장히 큰 잘못을 저질렀다는 느낌이 든 나는 종민이를 향해 고개를 조아렸다.

"미안해!"

종민이가 우뚝 동작을 멈췄다.

"그냥 해본 말이야. 별 뜻 없었어."

내가 사과를 하자 종민이는 표정을 약간 누그러뜨려보였다. 그러고는 내게 등을 내보이며 성큼성큼 걸어갔다. 제자리에 우두커니 서서 나는 내가 막 확인하게 된 사실(나후나 아저씨가 종민이의 아빠라는 것)에 대해 생각했다. 언제나 실실 웃어서 걱정거리라고는 하나도 없는 줄 알았는데, 얘도 아빠 때문에 속을 썩이고 있었다는 걸 알자 친근감과 안타까움이 밀려왔다.

교실에서 종민이는 언제나처럼 내 옆에 앉긴 했다. 그러나 여전히 기분이 가라앉은 채로 내게 말 한마디 걸지 않았다. 나는 책상에 올려놓은 손에 턱을 괴고서 어떻게 종민이의 기분을 풀어줄지 고민했다. 그러나 이번만큼은 그것이 쉽지 않음을 잘 알고 있었다.

"하아……."

한숨을 뱉으며 주위를 둘러보다가 나는 며칠 전 처음으로 내 편지를 받아본 강세나에게 눈길을 멈췄다. 그때 얘는 내가 무안하고 겸연쩍을 정도로 너무나 크게 기뻐했다. 정말이지 편지 안 보냈으면 큰일날 뻔했다.

'강세나는 편지를 읽고서 어떤 느낌이 들었을까.'

내가 생각에 빠져 있는 동안 브랜든이 교실로 들어왔다. 칠판 앞에 서자마자 그는 아이들을 향해 소리를 질렀다.

"작품이 정해졌어요!"

앞뒤 없는 말이지만 아이들은 단박에 그 뜻을 알아듣고서 꺅, 환호성을 터트렸다. 그런 다음 쉴 새 없이 재잘거렸다.

"제목이 뭘까?"

"이번에는 내가 주인공이야!"

"벌써부터 대사 까먹을까 봐 걱정이다."

브랜든이 말한 건 일 년에 한 번씩 하는 영어 연극이다(학원 측에서도 학부모들이 '우리가 헛돈 쓰는 건 아니군!' 하고 생각하게 만드는 비주얼적인 홍보 수단이 필요하겠지). 공연 날이 되면 아저씨와 아줌마들이 캠코더를 들고 우르르 몰려와 난리법석을 떨어댄다.

"It's 'The Hunchback of Notre Dame'!"

연극 제목을 듣자 아이들이 술렁였다. 아무래도 그동안 했던 공주 시리즈(인어공주, 신데렐라, 백설공주)와 성격이 달라 당황하는 눈치였다.

"뭐야, 이번엔 뭘 하는 거야?"

종민이가 내 옆구리를 찔렀다.

"노트르담의 꼽추."

내 대답을 들은 종민이는 목을 앞으로 쭉 빼고 양어깨를 치켜세위 꼽추 흉내를 해보였다.

"그럼 이런 꼽추가 주인공이야?"

"그렇겠지."

브랜든은 미소 지은 얼굴로 말했다.

"아직 잘 모르는 친구들을 위해 간단히 작품 소개를 하자면, 배경은 중세의 프랑스 파리예요. 노트르담 성당의 종탑에는 한 사람이 살고 있었죠. 바로 악당 재판관인 프롤로에 의해 종지기로 살며 한 번도 종탑을 벗어난 적 없는 꼽추 카지모도예요. 그러던 그가 종탑을 벗어나 마을 축제에 참여해 에스메랄다를 만나게 되면서 이야기는 시작되죠."

브랜든은 칠판에 연극의 등장인물을 죽 적었다. 그런 뒤 활기찬 음성으로 물었다.

"이제 배역을 정해야겠죠? 먼저, 주인공인 카지모도 역을 하고 싶은 사람 있나요?"

내용이 내용인 만큼, 아이들은 다른 때(서로 자기가 주인공을 맡겠다고 아우성이다)와 딴판으로 아주 조용했다. 원래부터 연극 자체에 관심이 없던 나는 크게 하품을 하며 책상에 엎드렸다. 저번처럼 대사도 없고 특별한 액션도 없는 '마을 주민 3' 같은 역이나 맡게 되겠지.

"이상하군요, 아무도 없다니. 그럼 누구 추천하고 싶은 친구 있나요?"

잠깐의 침묵이 흐른 뒤 누군가 외쳤다.

"소동현이요!"

소동현? 소동현이 누구지? 왠지 익숙한 이름인데…… 엎드린 채 생각하고 있노라니, 종민이가 옆구리를 찔러왔다. 그제야 내 이름임을 깨달은 나는 화들짝 놀라 고개를 쳐들었다. 나를 지목한 애는 다름 아닌 강세나였다. 저 지지배가 아침에 뭘 잘못 먹었나, 별로 친하지도 않으면서 왜 저래?

"동현이가 딱이네!"

"맞아, 키도 작고."

"동현이로 해요!"

내 기분과 의사에 상관없이 아이들은 찬성을 나타냈다. 그 뒤로는 어떻게 시간이 흘러갔는지 모른다. 정신을 차려보니 내가 카지모도 역을 맡는 게 굳어진 사실이 되었고, 종민이가 에스메랄다 역을(단순히 나와 친하다는 이유로 추천되었다), 강세나가 프롤로 역을 하기로 정해졌다.

수업이 끝나자 나는 죽상을 한 채로 교실을 빠져나왔다. 내게 붙은 또 하나의 혹 때문에 기분이 아주 찜찜했다. 안 그래도 아빠 때문에 골치가 아파 죽겠는데…….

"얼~ 주인공!"

종민이가 내 곁에서 간죽댔다.

"잘할 자신 있냐?"

"너야말로 에스메랄다 잘할 수 있겠어? 대사 어떻게 외울래? 비중 있는 역이라서 꽤 많을 텐데."

내 말을 들은 종민이는 빠르게 표정이 굳어졌다. 뒤늦게 사태의 심각성을 깨닫기는 나 역시 마찬가지였다. 여장을 한 종민이와 연기를 해야 하다니, 이런 막장 캐스팅을 허락한 브랜든은 도대체 무슨 꿍꿍이야!

"어떡하지? 대사 외울 자신 없는데……."

걱정에 휩싸인 종민이를 보며 나는 그나마 한 가지는 다행이라고 생각했다. 얘의 기분이 아까보다 한결 풀어진 듯했던 거다.

동네에 도착해 헤어져야 하는 갈림길이 나오자 종민이는 뜬금없이 내게 물었다.

"한번 가볼래?"

"뭐? 어딜?"

종민이는 말없이 앞장서 걷기 시작했다. 나는 되풀이해서 목적지를 물었지만 그 애는 대답이 없었다.

십 분쯤 걸어 우리가 도착한 곳은 재개발 문제로 시끌시끌한 윗동네였다. 그곳은 마치 전쟁터 같았다. 거대한 굴삭기와 트럭이 사방에 세워져 있는 가운데, 바닥에는 판자 조각과 벽돌 부스러기가 나뒹굴었다. 주변을 살피며 걷노라니 어깨를 맞댄 채 모여 있는 집들의 담벼락에 적힌 붉은 글씨가 눈에 들어왔다.

'주거 생존권 보장하라!'

'여기서 쫓겨나면 우리는 죽는다!'

'주민 동의 없는 강제 철거, 당장 중지하라!'

비록 재개발이 무엇인지 모르지만, 눈앞의 풍경을 보자 그것이 좋은 게 아니란 생각이 들었다. 왜 재개발을 할까. 그걸 꼭 해야 할까……

종민이는 굴삭기를 기어올라 운전석 지붕에 걸터앉았다. 그 애 옆으로 간 나는 코앞에 펼쳐진 동네 풍경을 가만히 건너다보았다. 가까이 있는 집의 지붕에 노르무레한 물체가 있어 눈살을 모아 살폈더니 호박이었다. 뒤엉킨 덩굴의 군데군데 호박이 커다랗게 매달려 있었다. 그것이 저 볼품없고 초라한 집들에도 사람이 살고 있다는 느낌을 주었다.

"어릴 때 이 동네에서 오랫동안 살았어."

갑자기 들려오는 말소리에 나는 고개를 돌렸다.

"그 이유 때문인지 몰라도 여기 오면 마음이 참 편해."

"지금은 어디 사는데?"

종민이는 동네 건너편의 아파트 단지를 가리켰다. 거기는 용두동에서 돈푼깨나 있는 사람들이 사는 데였다. 연식이 오래되긴 했지만 지금도 평당 천만 원은 할 거다.

"내가 유치원 다닐 때 저기로 이사를 갔지."

나는 아파트 단지 가운데 우뚝 솟은 커다란 굴뚝을 바라보았다. 왠지 그 굴뚝이 거만하게 이 동네를 내려다보는 것 같아 살짝 기분이 상했다.

"나, 네 아빠 알고 있어."

내 말을 들은 종민이는 대번에 놀란 표정을 지었다.

"나후나 아저씨 맞지?"

"어, 어떻게 알았어?"

더듬거리며 종민이가 묻자 나는 그동안의 일들을 들려주었다. 우연히 이뤄진 아저씨와의 만남, 그에게서 들었던 모창가수가 된 사연, (잠깐 망설인 뒤에) 아들 문제 때문에 괴로워하던 모습까지.

고개를 떨군 채 조용히 있다가 종민이는 작은 목소리로 말을 뱉어냈다.

"학교에 아빠 직업이 알려진 건 3학년 때였어. 우리 집에 놀러 왔다가 사실을 알게 된 친구 때문에 소문이 퍼진 거야. 그 뒤부터 '짜가'란 별명이 붙으며 놀림감이 되었어. 내가 메이커 옷이라도 입고 있으면, 아이들은 '짜가가 짜가를 입었다!'라고 떠들어댔지. 어떤 때는 옷을 뺏어 찢어버리기도 했어. 그런 내 처지는 학년이 올라가도 바뀌지 않았지. 아니, 오히려 더 심해졌지 뭐야. 나랑 어울리려는 애조차 없었어……."

종민이는 가방을 내보이며 덧붙였다.

"얘기가 나왔으니까 털어놓는 건데, 이 나이키 가방도 학원 갈 때만 매는 거야."

내가 처음에 했던 왕따에 대한 추측이 맞았다는 걸 알게 되자 가슴이 아파왔다.

"학교에서 심한 괴롭힘을 당한 날이면 이곳에 찾아와 혼자 우두커니 앉아 있곤 했지. 그러면 신기하게도 애들을 미워하는 마음도, 죽고 싶은 마음도 가라앉았어."

나는 종민이가 여태껏 어떤 마음의 전쟁을 치렀는지 짐작조차 할 수 없었다. 때문에 아무 위로도 건넬 수 없었다. 문득 근처에서 때늦은 매미 소리가 크게 들려왔다. 바닥에 시나브로 땅거미가 깔리고 있었다. 어쩐지 나는 종민이가 더 이상 바보처럼 여겨지지 않았다.

종민이도 그렇지만, 안타깝기는 나후나 아저씨도 마찬가지였다. 내가 아빠 공연을 본 적이 있냐고 묻자 종민이는 도리질을 쳤다. 부모님이 교육에 안 좋다며 보여주지 않았다는 것이다.

"아빠가 모창가수 그만뒀으면 좋겠어?"

"가짜잖아."

가짜……. 어쩌면 나는 종민이에게 좀 더 시간이 지나면 아빠를 이해할 수 있을 거라고, 그 직업을 받아들일 수 있을 거라고 얘기해 주었어야 했는지 모른다. 하지만 '가짜'라는 단어 앞에서 나는 도저히 그럴 수 없었다. 어설프게 히어로 흉내를 내는, 역시 가짜인 나의 아빠가 떠올랐던 거다.

"너, 동현이 아니니?"

불현듯 아래쪽에서 큰 목소리가 들렸다. 고개를 숙여보니 손차

양을 한 채로 이쪽을 올려다보는 미정이 누나가 눈에 들어왔다. 교복 차림의 누나는 끙끙거리며 굴삭기를 올랐다.

"여기서 뭐하는 거야?"

우리 곁으로 다가온 누나가 숨을 몰아쉬며 묻자 나는 놀러 왔다고 대충 둘러댔다.

"누나는 무슨 일로 왔어요?"

내 물음에 누나는 피식 웃었다.

"나, 여기 살아."

"네?"

누나는 팔을 들어 한곳을 가리켰다. 손끝을 따라가보니 동네 한 귀퉁이에 자리 잡은 집이 보였다. 지붕의 기와는 대부분 벗겨졌고 벽돌 담장은 반쯤 허물어진 채였다. 그것을 보자 누나도 참 피곤하게 살아왔구나, 하는 생각이 들었다.

"너희들, 감자튀김 먹을래?"

우리들 옆에 앉은 누나는 가방을 뒤적여 작은 종이봉투를 꺼냈다.

"웬 거예요?"

나는 종이봉투에서 감자튀김을 하나 집었다.

"나, 패스트푸드점에서 알바하거든. 손님이 남긴 거 모아서 싸 온 거야."

얘기를 듣고 보니 누나에게서 고소한 냄새가 풍겼다.

"왜 알바를 해요?"

감자튀김을 쩝쩝거리며 종민이가 묻자 누나는 뭐 그런 당연한 걸 묻냐는 듯 헛웃음을 터트렸다.

"돈이 필요하니까 하지."

"왜 돈이 필요한데요?"

단 몇 분 만에 종민이는 다시 바보로 돌아간 것 같았다. 답답하다는 듯 한숨을 내쉰 뒤 누나는 '이런 친구를 둔 네가 고생이 많다'는 의미로 내 어깨를 톡톡 두드렸고, 나는 '말을 안 해서 그렇지, 그동안 정말 힘들었다'는 뜻이 담긴 눈으로 누나를 올려다보았다.

"사실, 알바한 지는 얼마 안 돼. 아빠가 못 하게 했거든. 가난한 형편이긴 해도 공부에만 집중하라고 말이야. 그런데 오토바이 퀵서비스 일을 하는 아빠가 몇 달 전에 사고를 당해 입원하게 됐어. 그 때문에 어쩔 수 없이 내가 돈을 벌게 된 거지."

이번에도 종민이가 눈치없이 끼어들었다.

"그럼 엄마가 벌면 되잖아요?"

누나는 쓸쓸한 미소를 지었다.

"우리 집은 엄마 없어. 오래전에 아빠와 이혼해서 어디 사는지도 몰라. 현재는 아빠와 나, 그리고 내 동생이 가족의 전부야."

누나가 요즘 들어 슈퍼에서 자주 외상을 하는 이유를 알게 된 나는 작은 목소리로 중얼거렸다.

"누나 사정을 알았더라면 저번에 우리 엄마가 그렇게 쌀쌀맞게 대하지 않았을 텐데…….”

“나는 아무렇지 않은걸. 그리고 네 아빠는 알고 계셔.”

“정말요?”

“응. 우리 집에 쌀 배달 오셨다가 내 동생에게 이야기를 들으셨
어.”

아빠가 군말 없이 누나에게 외상을 준 이유가 그거였군. 잠깐 망
설이다가 나는 누나에게 물었다.

“여기 집들 곧 철거된다던데, 누나 네는 괜찮은 거예요?”

누나 얼굴이 빠르게 어두워졌다.

“그거 때문에 요즘 걱정이 많아. 언제 어떻게 될지 모르거든.”

누나는 아랫입술을 꽉 깨물었다.

“일주일 전에도 아주 큰 난리가 났었어. 철거 깡패 놈들이 한밤
중에 기습을 한 거야. 그 때문에 동네 사람들은 자다가 뛰쳐나와
야 했지. 속옷 차림으로 깡패 놈들과 싸우는 모습이 정말 웃기고
도 슬펐지 뭐야. 그 일이 있은 뒤로는 동네 사람들이 돌아가면서
밤에 보초를 서고 있어.”

“그럼, 누나도 보초 서봤어요?”

“응. 바로 어제가 내 차례였는걸.”

종민이는 또 바보 같은 반응을 나타냈다.

“와, 재밌겠다! 나도 해보고 싶어요.”

누나는 크게 웃었다.

"누나, 이 동네 철거되기 전에 다른 데로 이사 가면 되지 않아요? 더 좋은 집으로요."

종민이가 다시 입을 열자 나는 더 이상 참지 못하고 버럭 소리치고 말았다.

"멍청아, 돈이 없으니까 그렇지!"

놀란 종민이는 두 눈을 끔벅이며 나를 쳐다보았다. 나와 종민이를 향해 누나는 덤덤하게 말했다.

"주민들이 동네를 지키는 게 단순히 돈이 없고 갈 데가 없기 때문은 아니야. 주민들 중에는 여기서 태어난 분도 있고, 자식 키우며 수십 년간 살아온 분도 굉장히 많아. 이곳에는 그분들의 눈물과 땀, 젊음이 고스란히 녹아 있지. 한마디로, 여기가 고향 이상의 의미란 말이야. 그런 곳을…… 어떻게 쉽게 떠날 수 있겠어?"

말을 마친 누나는 엉덩이를 털며 일어났다.

"이제 그만 가봐야겠다."

굴삭기를 내려와 헤어지려고 할 때 나는 위로라도 건네고 싶어 급하게 누나의 옷소매를 잡아당겼지만 어떤 말을 해야 할지 몰랐다. 그런 내 마음이 전해졌는지 누나는 흔들림 없는 눈동자로 나를 바라보며 입을 열었다.

"괜찮아. 혼자가 아니니까."

누나의 그 한마디에 나는 마음을 놓을 수 있었다.

슈퍼에 들어서보니 웬일로 삼촌이 카운터를 지키고 있었다. 고개를 푹 숙인 자세로 스마트폰 게임에 빠져 있는 그에게 나는 물었다.

"아빠는 어디 갔어?"

"볼일이 있다고 나갔어."

"언제?"

"조금 전에."

부리나케 집 뒤편으로 달려가자 마티즈에서 출동 준비를 하는 아빠가 레이더에 걸렸다. 나는 늦지 않아 다행이라고 생각하며 몸을 숨긴 채 그가 나오기를 기다렸다. 여타 히어로들이 변신할 때 복잡한 의상을 입고 각종 특수 장비를 착용하는 반면, 우리의 바바리맨은 알몸에 코트 하나만 달랑 걸치면 된다. 참으로 심플한 변신 방법이 아닐 수 없다.

이윽고 바바리맨이 코트 주머니에 두 손을 찔러 넣고 언덕길을 내려가기 시작했다. 그런데 곧이어 작은 물체가 그 뒤에 따라붙었다. 그것의 정체를 확인한 나는 입을 쩍 벌렸다.

"동팔이잖아……."

나처럼 동팔이를 발견한 바바리맨은 팔을 휘두르며 저리 가라는 시늉을 해보였다. 그러나 동팔이는 꼬리까지 흔들며 떠날 생각을 하지 않았다. 난감한 듯 우두커니 서 있던 바바리맨은 별일이야 있겠냐고 생각했는지 동팔이를 내버려둔 채로 길을 가기 시작했다.

"이건 뭐, 배트맨과 로빈도 아니고……."

한참 바바리맨을 따라가던 동팔이는 문득 멈춰 서서 내 쪽을 응시했다. 아마도 냄새로 나를 알아챈 모양이었다. 나는 동팔이를 향해 작게 말했다. 신경 쓰지 말고 가던 길이나 계속 가서!

상가 거리에 다다른 바바리맨은 몸을 숨기고서 오늘의 주인공을 기다렸다. 그러다가 얼마쯤 뒤 한산해진 거리에 여고생이 나타나자 가면을 꺼내 얼굴에 썼다.

촤악.

여고생이 코앞에 선 찰나, 바바리맨이 잽싸게 튀어나가 코트를 펼쳤다. 그러나 이상하게도 그 누나는 비명을 지르지 않았다. 그저 멀뚱히 서 있을 뿐이었다. 그러자 역할이 완전히 뒤바뀌어 놀라고 당황하는 쪽은 바바리맨이 되었다. 코트 자락을 펼친 채 엉거주춤 서 있는 바바리맨에게 여고생이 물었다.

"저기요, 인증샷 한 장만 찍으면 안 될까요?"

인증샷? 내가 어리둥절하게 바라보는 동안 여고생은 바바리맨 옆에 나란히 선 뒤 스마트폰을 높이 쳐들었다.

"저, 어깨동무 좀 해주시면 안 돼요?"

바바리맨은 말을 못 들은 듯 멍하게 있었다. 그러자 여고생이 그의 팔을 잡아 자신의 어깨에 척 걸쳤다. 비록 제대로 확인할 수 없지만 바바리맨의 팔이 부르르 떨리고 있을 것이 틀림없었다.

"고맙습니다."

사진 몇 장을 찍은 여고생은 흐뭇한 표정으로 스마트폰 화면을 들여다보며 자리를 떴다. 바바리맨은 이 무슨 어이없는 일인가, 생각하듯 제자리에 서서 하늘을 올려다보았다. 그런 그에게 나는 마음속으로 말을 건넸다. 뭘 그렇게 고민해. 방금 전의 누나는 좀 별난 학생일뿐이라구. 흔히 '똘아이'나 '사차원'이라고 부르는 애 말이야.

조금 시간이 흐르자 바바리맨은 다시 몸을 숨기고 새로운 표적을 기다리기 시작했다. 아무래도 좀 전의 누나가 비명을 지르지 않아 변태 에너지가 충전되지 않은 모양이었다. 나는 이번 여고생은 세상이 떠나가라 소리를 내지르길 빌었다.

저녁 하늘이 짙은 남색으로 물들고 있었다. 주위에 늘어선 가로등에 불이 켜졌다. 멀리서부터 발짝 소리가 들리더니 여고생이 나타났다. 짧은 컷트 머리의 그 누나는 마치 무언가를 찾듯 연신 주위를 두리번거렸다.

잠시 뒤 여고생이 눈앞에 다가온 순간, 바바리맨은 힘차게 튀어나갔다. 그러자 방금 전보다 훨씬 이해할 수 없는 상황이 벌어졌다. 여고생이 환호성(비명이 아니다!)을 내질렀던 거다.

"꺄, 드디어 만났다!"

여고생은 흥분한 목소리로 떠들어댔다.

"그쪽 만나려고 며칠 전부터 일부러 음침한 곳만 골라 돌아다녔어요. 보람이 있네!"

이전의 누나와 마찬가지로 인증샷을 찍은 뒤 여고생은 가방을 뒤적여 수첩과 펜을 꺼내 바바리맨에게 내밀었다.

"사인 좀 해주세요."

크게 당황하면서도 바바리맨은 순순히 수첩에 사인을 했다. 자리를 뜨기 전 여고생은 종이에 뭔가 적어 바바리맨에게 내밀었다.

"꼭 들어와보세요!"

쪽지를 손에 쥔 채로 바바리맨은 사라져가는 여고생을 멀거니 바라보았다. 나는 이마에 손을 짚은 채 방금 전의 일들에 대해 생각해보았다. 이게 무슨 일일까. 도대체 뭐가 어떻게 돌아가는 걸까⋯⋯.

2

"밥들 먹어!"

휴일 아침. 부엌에서 엄마가 소리를 질렀다. 곧이어 나타난 아빠와 삼촌은 무심한 표정으로 식탁 앞에 앉았다.

"시간 되면 알아서 나와야지, 내가 꼭 불러야 되겠어!"

나는 식사 내내 아빠를 흘긋거렸다. 언뜻 그는 여느 때와 똑같은 듯했다. 그러나 꼼꼼히 살피면 그 표정이 미묘하게 다르다는 것을 눈치챌 수 있었다. 여고생 누나에게 쪽지를 받은 날부터 아빠의 얼굴에는 늘 은은한 미소기가 감돌았다. 캐릭터의 마지막 레벨 업을 앞둔 게임유저처럼 비밀스럽고 달콤한 미소였다.

식사를 마치자 엄마는 오늘의 수금을 위해 집을 나섰다. 삼촌 역시 점퍼를 걸치고서 외출을 했다. 아빠는 화장실에 다녀온 뒤 은근슬쩍 삼촌 방으로 들어갔다. 보이지 않게 그를 감시하던 나는 날쌘 동작으로 방문에 귀를 갖다 댔다. 그러자 컴퓨터 부팅 소리가 들려왔다. 의문에 쌓인 나는 턱을 어루만지며 생각에 잠겼다. 아빠가 컴퓨터 쓸 일이 뭐가 있지? 게임에도 전혀 관심이 없고 블로그나 홈피도 없잖아? 잠시 뒤 탁탁, 키보드 두드리는 소리가 났고 이후로는 아주 잠잠했다. 삼촌의 비밀 컬렉션을 보는 건 아닌가 의심이 들었지만 그 특유의 사운드가 들리지 않는 것으로 봐서 그건 아닌 듯했다.

이십 분 정도 흘러 방에서 나온 아빠의 얼굴에는 감출 수 없는 흥분과 기쁨의 감정이 입혀져 있었다. 그것을 보며 나는 더욱 궁금증을 키웠다.

'도대체 컴퓨터로 뭘 했을까.'

부엌에서 물 한 컵을 마신 아빠는 한참 동안 욕실 거울에 이리저리 자신을 비춰본 뒤에 콧노래를 흥얼거리며 슈퍼 매장으로 나갔다. 망설이지 않고 곧장 삼촌 방으로 들어간 나는 컴퓨터를 켜서 아빠의 흔적을 찾기 시작했다. 그러나 새로 깔린 프로그램도 없었고 전에 못 보던 사진이나 음악 파일도 없었다. 혹시나 싶어 인터넷 즐겨찾기 목록까지 훑었지만 역시 아무 소득이 없었다.

그만 찾는 걸 포기할 참이었다. 불현듯 얼마 전 여고생 누나가 바바리맨에게 쪽지를 건네며 했던 말이 떠올랐다.

'꼭 들어와 보세요.'

들어와? 혹시나 하는 심정으로 인터넷 창 윗부분의 주소 표시줄을 열어보니 맨 위에 낯선 온라인 카페 주소가 눈에 띄었다. 꿀꺽 침을 삼킨 뒤 나는 그곳에 들어가 보았다.

고공비행? 못함.

초능력? 그딴 거 없음.

꽃미남 얼굴? 확인 불가.

용두동 슈퍼 히어로, 바바리맨!

카페의 대문을 본 순간 내 목구멍에서 절로 헉, 소리가 새어나왔다.

"뭐야, 이건⋯⋯."

나는 카페의 이곳저곳을 살펴보았다. 그러자 곧 내가 들어온 사이트가 바바리맨 팬카페라는 걸 알 수 있었다. 그곳은 바바리맨을 좋아하고 응원하는 학생들이 모여 정보를 나누는 공간이었다 (대문의 문구 위에 붙은 슈퍼맨을 패러디한 마크를 보니 오각형 속에 S

자 대신 B자가 들어 있었는데, 그 의미가 바바리맨Burberryman인지, 변태Byuntae인지 헷갈렸다).

"나 원, 살다 살다 이런 일은 또 처음일세."

대문 왼쪽에 네 개의 메뉴가 반듯하게 정렬되어 있었다. '가입 인사', '나의 경험담', '인증샷', '궁금해요!' 회원 가입을 한 나는 '나의 경험담' 메뉴부터 열어보았다.

'오예~ 오늘 만났어!'

'드디어 나에게도……'

'꺄올~ 꺄올~ 저도 그분을 영접했어요.'

'로또 맞은 기분이에요!'

거기에는 바바리맨을 만난 학생들의 이야기로 가득차 있었다. 제목을 클릭해 하나하나 글을 읽어 나가려니, 조폭에게 괴롭힘을 당한 누나의 것도 눈에 들어왔다.

나는 바바리맨을 싫어했어. 아니, 솔직히 말해 아주 질색했지(당연히 변태를 좋아할 이유가 없지 않겠어?). 그런데 그런 내 감정이 완전히 바뀌는 사건이 일어났지 뭐야.

한 달 전쯤이었어. 야자를 마친 나는 평소와 다르게 지름길을 이용해 버스 정류장으로 향했지. 남친과의 약속 시간에 빠듯했거든(그날이 걔 생일이었어). 한참 종종걸음을 치는 나에게 갑자기 어떤 목소리가 들려오더라. "어이 너, 거기 서봐!" 얼굴을 돌려보니 커다란 몸집의 동네

양아치가 두 다리를 쩍 벌린 채 쪼그려 앉아 담배를 피우고 있지 뭐야. 나에게 다가온 그놈은 음흉하게 웃으며 자신과 함께 놀자고 했어. 나는 겁에 질린 채로 도리질을 쳤지. 그러니까 다짜고짜 손목을 잡고 근처의 으슥한 골목으로 나를 끌고 가는 거야. 너무 무서우니까 비명조차 나오지 않더라.

골목 안에서 양아치는 내게 자신의 말을 듣지 않으면 험한 꼴을 당할 거라고 협박했어. 그러자 별의별 상상이 다 되더라. 뉴스에 나오는 끔찍한 사건들 말이야. 나는 울음을 터트리며 보내달라고 애원했지만 그놈은 실실 웃기만 했어.

"너는…… 뭐야?"

손으로 얼굴을 가리고서 울고 있으려니, 양아치의 놀란 목소리가 들려왔지. 그놈이 바라보는 방향으로 고개를 튼 나는 깜짝 놀라고 말았어. 골목 입구에 바바리맨이 서 있었던 거야. 소문처럼 얼굴에는 괴상한 가면을 쓰고 몸에는 베이지색 바바리코트를 걸친 채로. 나는 이게 웬 엎친 데 덮친 격인가 생각하며 어이없어 했지.

잠깐의 우왕좌왕 끝에 바바리맨은 양아치와 한판 붙었어. 싸우는 모습에 겁이 난 나는 구석으로 가 등을 내보이며 웅크려 앉았지.

아!

잠시 뒤 왠지 주위가 잠잠해 몸을 일으켜 본 나는 다시 한 번 크게 놀라고 말았어. 양아치가 사라진 가운데, 바바리맨 혼자 서 있었던 거야. 그가 양아치를 이긴 거였지. 내가 멍하게 쳐다보자 바바리맨은 나에게 손짓으로 가보라는 시늉을 해보였어. 그러고는 조용히 몸을 돌려 어둠 속으로 사라졌지.

　이 글을 바바리맨이 보게 될지 모르겠지만, 그에게 이 말을 꼭 전하고 싶어. 그때 정말 고마웠다고, 덕분에 무사히 남친을 만나 생일 선물을 줄 수 있었다고.

글을 다 읽은 나는 코웃음을 쳤다. 이건 뭐, 누가 보면 바바리맨을 진짜 히어로인 줄 알겠네. 바바리맨이 호신용 스프레이를 사용했다는 사실을 폭로할까 하다가 나는 꾹 참고 아랫글을 열어보았다. 뜻하지 않게도 그건 바바리맨이 도와줬던 깁스 누나가 쓴 거였다.

　저는 계단에서 넘어지는 사고를 당해 한쪽 다리에 깁스를 하게 되었습니다. 그 때문에 매일 아침마다 엄마가 자가용으로 저를 교문까지 태워다 주곤 했어요. 그런데 그날은 엄마에게 사정이 생겨 저 혼자 등교를 하게 됐죠. 학교 앞 정류장까지는 버스를 타고 무사히 도착했지만, 사실 그때부터가 큰 문제였어요. 도무지 목발을 짚은 채 언덕길(우리가 '지옥 고개'라고 부르는!)을 올라갈 자신이 없더라고요. 짧은 생각 끝에 저는 택시를 타기로 결정하였으나, 아무리 애를 써도 제 앞에 택시는 멈추지 않았습니다. 할 수 없이 저는 혼자 진땀을 빼며 언덕길을 올랐어요. 그런데 얼마 지나지 않아 누군가 제 앞에 짠하고 나타났죠. 맞아요, 바바리맨이었습니다. 하지만 그분은 바바리코트를 펼치는 대신 제 앞에 쪼그려 앉았어요. 학교까지 데려다 줄 테니 업히라는 뜻이었죠. 저는 여러 면으로 크게 당황하지 않을 수 없었어요. 일단 변태가 나타난 것에 그랬고, 그 변태가 호의를 베푸는 것에도 그랬죠. 솔직히 변태의 등에 업히는 건 상상할 수도 없는 께름칙한 일이지만, 당시 저는 너무 힘겨운 상황이라 갈등이 되더라고요. 결국 심각하게 고민한 뒤에 저는 그분을 한번 믿어보기로 하고 업히게 되었습니다. 이윽고 그분이 가파른 언덕길을 오르기 시작하자 힘에 부치는 기색을 분명히 느낄 수 있었어요. 하지만 그분은 멈추지 않고 계속해서 한 발짝, 한 발짝 걸음을 내딛었죠. 아마 언덕길을 반쯤 올랐을 즈음일 거예요. 몇 년 전에 돌아가신 아빠가 떠오른 것이. 아빠가 살아 있다면 이렇게 나를 업고 학교까지 데려다 줬을 텐데, 하는 생각이 들자 저의 두 눈에 살짝 눈물이 맺혔죠. 그때 저는 참으로 오랜만에 기억의 책장에서 아빠와의 추억을 꺼내 하나하나 들여다보았습니다. 함께 자전거를 타며 바라본 한강 공원의 풍경, 야간 산행을 하며 나눴던 긴 대화, 둘이서 플레이스테이션을 즐길 때 거실 창에 비쳐들던 나른하고 따스한 오후 햇살…… 그 덕분에 입시생으로서 메마르고 갈라진 제 가슴에 촉촉한 단비가 뿌려졌지요. 그날, 바바리맨의 등은 참으로 따뜻하였습니다.

변태보고 그분이라니, 이번에는 정말로 기가 찼다. 불만에 가득 찬 채로 나는 '인증샷' 메뉴를 클릭했다. 그러자 여고생들이 바바리맨과 함께 찍은 사진이 나타났다. 마치 약속이라도 한 듯 하나같이 손으로 브이 자를 만들고 있는 누나들의 포즈를 보자 절로 한숨이 새어나왔다. 원, 이렇게 창의성이 없어서야…….

나는 마지막으로 '궁금해요!' 메뉴를 열어보았다. 거기에는 바바리맨에 관한 온갖 소문이 올라와 있었다.

'2학년 어떤 애가 우연히 가면 벗은 얼굴을 봤는데 굉장한 훈남이래.'

'원래 서울대 졸업한 고시생이라고 하더라. 십 년 동안 공부만 하다가 미쳐버렸대.'

'바바리코트를 들추는 폼이 예사롭지 않은 걸 보면 모델 출신이 분명해!'

'얼마 전에 내가 바바리맨에게 걸려서 직접 알몸을 봤거든. 처음에는 비쩍 마르기만 한 줄 알았는데, 자세히 보니까 잔근육이 장난 아니더라고.'

몇 줄 글을 읽은 뒤 나는 팬카페를 나와 버렸다. 아빠가 이곳에서 어떤 기분이었을지 상상이 가고도 남았다.

슈퍼 매장으로 가보니 아빠는 카운터 뒷벽에 걸린 거울 앞에서 여러 포즈를 취하고 있었다(양 옆구리에 손을 짚은 채 눈싸움이라도 하듯 거울 속 자신을 쏘아보는가 하면, 스티브 잡스처럼 손으로 턱을 받치고서 은은한 미소를 내비치기도 했다). 그러다가 나와 눈이 마주치자 머쓱한 표정으로 자리를 피했다. 갑자기 화가 치밀어 오른 나는 집을 뛰쳐나왔다. 그런 뒤 발길 닿는 대로 무작정 걸었다. 변태를 히어로라고 떠받드는 사람이나, 그게 좋다고 헤죽거리는 사람이나 모두 너무나 한심하고 웃겼다.

방향감각 없이 돌아다니던 나는 어느 집 담벼락에 등을 기대고 쪼그려 앉았다. 오가는 사람이 별로 없는 조용한 골목길이었다. 오후 햇살이 카펫처럼 바닥에 깔렸고, 약한 바람이 불어와 내 머리카락을 흔들었다. 불현듯 고아가 된 듯한 기분이 들며 왈칵 울음이 터지려고 했다.

'내가 왜 이러지……'

한 방울 흘러내린 눈물을 훔치며 일어서려던 참이었다. 맞은편 집의 대문이 열리고 목이 늘어난 헐렁한 티셔츠에 무릎 부분이 튀어나온 추리닝 바지를 입은 여자가 걸어 나왔다. 손에는 두툼한 쓰레기봉투가 들려 있었다. 왠지 얼굴이 낯익다 했더니 시인 아줌마였다.

"동현이니?"

대문 앞에 쓰레기봉투를 내려놓다가 나를 발견한 아줌마는 움직임을 멈췄다.

"뭐해, 여기서."

나는 잠긴 목소리로 대꾸했다.

"아줌마는 뭐하세요?"

"뭐하긴, 여기가 우리 집이야."

나는 아줌마 뒤편의 삼층짜리 다세대 주택을 바라보았다. 저게 아줌마 소유라면 다달이 월세 받는 재미가 쏠쏠하겠단 생각이 들었다.

"왜 여기 있어?"

"뭐, 어쩌다 보니……."

"가출했어?"

"가출은 무슨."

아줌마는 나를 지긋이 응시하였다.

"배고프지 않아? 우리 집에 가서 뭐 좀 먹지 않을래?"

말을 듣고 보니 오랫동안 걸어 다닌 탓인지 심한 허기가 느껴졌다. 나는 못이기는 척 아줌마를 따라나섰다. 아줌마의 집은 일층도 아니고 이층이나 삼층도 아니었다. 그렇다고 지하도 아니었다. 옥탑이었다. 주인집이 아니란 사실에 다소 실망하며 끝까지 계단을 오르자 먼저 빨랫줄이 보였고, 그 너머로 작은 건물이 모습을 드러냈다.

건물로 다가서니 그 뒤편에 자리 잡은 커다란 텃밭이 눈에 들어왔는데, 고추와 상추, 토마토가 심어져 있었다. 모두 지극한 정성을 들여 가꾼 것들이었다. 옥상 구석에 조그맣게 만들어놓은 화단에는 해바라기가 한가득 피어 있었다.

좁은 집 안은 책으로 가득 차 있었다. 마치 헌책방에 온 기분이었다(코를 쿵쿵거리자 오래된 종이 냄새가 진하게 맡아졌다). 그나마

부엌이 여유로운 공간이라서 시인 아줌마는 식탁 의자에 나를 앉혔다.

"우리 집에 손님이 오기는 처음인걸."

가스레인지에 주전자를 올리며 아줌마는 중얼거렸다.

"그것도 남정네일 줄이야."

나는 의자에 앉은 채로 고개를 쭉 빼서 책장을 들여다보았다. 책들은 죄다 몇 번씩 손을 탄 것처럼 낡아 있었고, 영어와 한문으로 제목이 적힌 것도 무척 많았다.

'사람이 좀 엉뚱해서 그렇지, 똑똑하긴 한가보네.'

아줌마는 식탁에 따뜻한 김이 올라오는 머그컵 두 개를 내려놓았다. 아줌마 것은 커피였고, 내 것은 핫초코였다.

"아까 사온 빵을 어디 뒀더라."

싱크대 상부 장을 살피던 아줌마는 커다란 시나몬 빵을 가져왔다. 재래시장의 제과점 상표가 포장지에 찍혀 있었다. 빵을 뜯어먹으며 나는 최대한 아줌마가 눈치채지 못하게 집 안 구석구석을 살폈다. 그곳은 한마디로 여기가 여자 사는 데가 맞나 의심되는 공간이었다. 레이스나 꽃무늬 같은 건 전혀 없었고, 바닥에는 침대 프레임 없이 매트리스만 달랑 놓여 있었다. 반질반질 윤이 나는 앉은뱅이 나무 책상은 골동품 같은 분위기를 풍겼다.

"컹!"

갑자기 개 짖는 소리가 들려왔을 때 나는 너무 놀라 뒤로 자빠질 뻔했다. 어느 곳에서도 개는 보이지 않았던 거다.

"분명 소리가 들렸는데……."

조금 시간이 흐르자 매트리스에 헝클어져 있는 이불이 들썩이더니 헝겊 뭉치 같은 게 기어 나왔다. 동팔이보다 약간 작은 덩치의 개였다. 아줌마는 웃으며 말했다.

"혼자 지내는 게 적적해서 재작년부터 키우는 녀석이야."

개는 털이 굉장히 짧았고 얼굴에 두꺼운 주름이 여러 겹 잡혀 있었다. 내가 되게 못생긴 놈이라고 구시렁거리자 아줌마는 그게 불독의 매력이라고 대꾸했다.

"이름은 뭐예요?"

"처칠."

"처칠?"

"윈스턴 처칠. 네가 태어나기도 전에 죽은 영국 수상의 이름이야. 저 녀석하고 얼굴 이미지가 굉장히 닮았지."

아줌마는 스마트폰을 집어 들어 뭔가 검색했다. 그러고는 잠시 뒤 스마트폰 화면을 내게 보여주며 말했다.

"이 사람이 윈스턴 처칠이야."

화면 속에는 대머리 할아버지가 찡그린 표정으로 커다란 담배를 입에 물고 있었는데, 정말 개와 인상이 똑같았다. 내가 이름을 부르며 다가가자 처칠은 못마땅한 표정을 짓더니 하품을 하며 다시 이불 속으로 파고들었다.

"먹을 때를 제외한 대부분의 시간을 잠으로 보내지. 심지어 산책도 귀찮아한다니까?"

저 개도 동팔이와 마찬가지로 걱정거리 없이 놀고먹는 모양이군. 나는 진심으로 개 팔자가 부러웠다.

내가 헌책 냄새가 너무 심하게 난다고 투덜대자 아줌마는 창문을 활짝 열어젖혔다. 그런 다음 창틀에 두 팔을 짚고서 깊은 심호흡을 했다.

"공기가 제법 날카롭네. 그러고 보니 이제 곧 겨울이구나."

아줌마의 말을 듣고서 나는 물었다.

"어떤 계절을 가장 좋아하세요?"

"나? 겨울."

"왜요? 나는 추워서 질색인데."

"음…… 겨울 외투의 폭신한 촉감이 좋고, 칼바람 부는 거리를 돌아다니다가 낯선 커피 집에 들어섰을 때 느껴지는 따스함이 좋고, 창문을 열었을 때 얼굴에 와닿는 차가우면서도 상쾌한 공기도 좋지. 아랫목 뜨끈한 이불 속에서 책을 읽으며 까먹는 귤 맛도 좋고."

열린 창으로 자동차 달리는 소리가 들려왔다. 머그컵에서 피어오르는 코코아 향이 부드럽게 코끝에 감겼다. 아줌마와 대화를 나누다 보니 화나고 불안한 마음이 차츰 가라앉는 걸 느낄 수 있었다.

오래 망설이다가 나는 힘들게 입을 열었다.

"아줌마, 뭐 하나 물어봐도 돼요?"

"그럼, 되고말고."

"내가 아는 어떤 사람에 대한 건데요. 그 사람이 진짜 평범하고 별 볼일 없거든요? 그런데 주위에서 히어로라고 하니까, 자기가 진짜 그런 줄 알고 남들을 막 도와주고 다녀요. 이 사람을 어떡해야 할까요?"

아줌마는 경쾌하게 끝을 올리며 대답했다.

"남을 돕다니, 그건 좋은 거 아닌가?"

"그게 나쁘다는 말이 아니고요! 자기가 진짜 히어로인 줄 착각하는 게 문제란 말예요. 아빠 혼자 신나서 돌아다니는 꼴을 보면 얼마나 웃긴지 몰라요. 바바리맨이 히어로라니, 그게 말이나 돼요?"

말을 뱉어놓고 보니 아차 싶었다. 아줌마는 호기심과 장난기가 가득한 얼굴로 나를 쳐다보았다.

"흐음…… 슈퍼 아저씨가 바바리맨이었단 말이지?"

이미 엎질러진 물이었다. 나는 한숨을 내쉬며 모든 사실을 털어놓았다. 그런 뒤 이런 아빠를 어쩌면 좋겠는지 의견을 구했다. 그러자 시인 아줌마는 두 손으로 머그컵을 감싸쥔 채로 방 안을 서성이다가 억양을 높여 말했다.

"나는 슈퍼 아저씨가 진짜 히어로일 수도 있다고 생각하는데?"

"네?"

아줌마는 차분하게 설명했다.

"진짜와 가짜…… 이걸 조금 다르게 표현하면 진실과 거짓이라고 할 수도 있겠지. 세상을 살다 보면 진실인 것이 거짓이 되기도 하고, 거짓인 것이 진실이 되기도 해. 그리고 진실 속에 거짓이 숨어 있기도 하고, 거짓 속에 진실이 숨어 있기도 하지. 쉽게 말해, 진실과 거짓이 따로 있는 게 아니란 거야."

아줌마는 내 얼굴을 유심히 들여다보았다. 뭔가 간질간질한 침묵. 팔짱을 낀 채 아줌마는 다시 입술을 뗐다.

"그렇게 진실과 거짓이 서로 몸을 섞고 있다면, 그 구분의 의미와 방법은 대상을 바라보는 주체의 판단에 달려 있는지도 몰라. 네가 말한 그 사람이 히어로인지 아닌지를 결정하는 건 그를 대하는 이들의 몫이란 거야. 그들이 히어로라고 한다면 진짜 히어로인 거지."

나는 인상을 찌푸렸다. 아줌마는 혼잣말을 하듯 짧게 덧붙였다.

"뭐, 알고 보면 종교도 똑같은 이치지."

짜증과 화가 치솟은 나는 벌떡 일어나 밖으로 나갔다. 텃밭을 지나쳐 옥상 난간에 기대서니 어둑해진 하늘에 흐릿하게 달이 떠 있었다. 그 언저리로 비행기가 불빛을 반짝이며 지나갔다. 아빠가 진짜 히어로라니, 그런 말도 안 되는 소리가 어딨어! 나는 아랫입술을 꽉 깨물었다.

나를 뒤따라 나온 아줌마가 조용히 내 곁에 섰다. 나처럼 먼 하늘을 바라보다가 그녀는 나지막한 목소리로 말했다.

"언젠가 나에게 시가 뭐냐고 물어봤었지?"

나는 못 들은 척 아무 대꾸도 하지 않았다.

"시란, 진실의 틈새를 엿보는 일이야."

진실의 틈새? 나는 아줌마에게로 고개를 돌렸다.

"우리는 결코 진실의 전부를 볼 수 없어. 좀 전에 내가 말한 대로 모호한 것도 이유가 되겠지만, 그보다는 진실이란 고정된 존재가 아니라 흐르는 강물과 같이 늘 변화하기 때문이야. 다만 찰나처럼 그 앞에 설 때, 그것은 우리의 닫힌 마음을 열어주고, 세상을 사랑하는 방법을 바꿔주지."

잠시 입을 다물었다가 아줌마는 톤을 낮춰 말을 이었다.

"만약 가짜 히어로라고 하는 아빠에게서 동현이가 어떤 진짜를 찾아낸다면, 반짝이며 빛나는 진실을 보게 된다면 그게 너를 네가 아직 가보지 못한 낯선 땅으로 옮겨다 놓을 거야. 우리는 그걸 '성장'이라고 부르지."

집 안에서 나온 처칠이 이쪽으로 느릿느릿 다가왔다. 그 개는 아줌마를 올려다보며 짧은 꼬리를 흔들었다.

"배고프다고 밥 달라는 신호야. 이럴 때만 꼬리를 젓지. 교활한 놈!"

아줌마는 처칠을 안아 올려 머리를 쓰다듬었다. 나는 그 개의 앞발을 잡고서 악수하듯 흔들었다.

"동현이가 지금 아빠 때문에 많이 힘들어하는 것 같긴 해도, 솔직히 나는 그게 굉장히 흥미로운걸. 왜냐면 모든 멋진 이야기는 언제나 갈등에서 시작되는 법이거든. 갈등이 없으면 어떤 드라마도 존재하지 않아. 더불어 아름다운 화해의 포옹도 있을 수 없고. 그러니까 세상의 분란이나 다툼을 나쁘게만 볼 게 아니지."

아줌마는 미소 지은 얼굴로 나를 내려다보았다.

"동현이가 아빠를 잘 보살펴줘. 분명 네 도움을 필요로 할 거야."

"다 큰 어른인데도요?"

"보살핌이란 어른한테도 필요한 거야. 아니, 살아 있는 모든 존재에게 필요하지. 그래서 신이 존재하는 거고."

히어로의 길

1

"강제 철거 중단하라!"

"우리에게도 생존권이 있다!"

학원을 마치고 집으로 가는 길. 어디선가 큰 외침이 들려왔다. 미정이 누나의 동네 방향이었다. 어떤 생각이 머리를 스친 나는 그곳으로 헐떡이며 달려갔다. 동네에 도착하니 먼저 한떼의 구경꾼들이 눈에 들어왔는데, 그중에는 '용두동 재개발 추진위원회' 사인방도 섞여 있었다. 그 아저씨들은 히죽거리며 대화를 주고받았다.

"철거반장 얼굴에 잔뜩 독이 올랐더라고요."

"드디어 오늘 결판이 나겠구먼."

"묵은 충치를 빼는 기분이네요."

구경꾼들을 비집고 앞으로 나아가자 검은색 조끼를 입은 철거반원들이 보였다. 그 맞은편에는 주민들이 서로 어깨동무를 한 채로 동네 입구를 막고 있었다.

"우리는 합법적 절차에 따라 행동하는 겁니다. 이미 동의서도 다 받았잖습니까!"

철거반원들 앞에 선 건장한 체격의 남자가 주민들을 향해 말했다. 척 보니 대장이 틀림없었다.

"동의서는 겁박해서 받아냈잖아!"

"맞아, 강제로 사인하게 만들었어!"

"사기야, 사기!"

주민들이 소리치자 대장은 험악하게 인상을 구기며 오른팔을 치켜들었다. 그것을 신호로 철거반원들이 주민들을 향해 우르르 달려들었다. 이어서 순식간에 고함과 비명이 사방에 울렸다.

"아……."

나는 반쯤 얼이 나갔다. 주민들이 몸으로 만든 띠가 무너진 틈을 타서 잽싸게 동네 안으로 들어간 굴삭기가 굉음을 내며 집들을 마구 부쉈다. 주민들은 속수무책이었다. 누군가는 허탈한 표정으로 하늘을 쳐다보았고, 또 누군가는 바닥에 주저앉아 울음을 터뜨렸다. 한 아주머니는 어린아이를 품에 끌어안고서 두 눈을 꾹 감았다. 주먹을 꽉 쥔 채로 나는 어째서 이런 일이 벌어져야 하는지 생각해보려 애썼다. 하지만 투명해진 머릿속에서는 그 무엇도 떠오르지 않았다.

"많이 놀랐냐?"

어느새 백부가 내 곁에 다가와 있었다.

"도대체 왜 이렇게 싸워야 해요? 주민들이 자기 집에서 쫓겨나는 이유가 뭐예요? 그 사람들이 무슨 나쁜 짓이라도 한 거예요?"

나는 쉴 틈 없이 질문을 퍼부어댔다. 우리 앞에 펼쳐진 광경을 가만히 건너다보다가 백부는 입술을 열었다.

"동현아. 원래 인류 역사에서 인간이 살기 좋은 때는 없었단다. 시간과 장소를 막론하고 반드시 강자와 약자가 있었고, 그에 따라서 지배와 착취가 있었지. 그러니까 이런 일이 새삼스런 것은 아닌 게야."

백부는 여태껏 내가 한 번도 본 적 없는 진지한 얼굴을 하고 있었다. 마치 전혀 다른 사람 같았다.

"흔히 인간을 만물의 영장이라고 떠들지만, 인류란 그렇게 진화된 종족은 아니란다. 알고 보면 우리가 미개하다고 여기는 동물과 하등 다를 게 없어."

백부가 하는 말은 주민들의 울부짖음 속에서 공중에 둥둥 떠다니기만 할 뿐 내 머리에 박히지 않았다. 나는 수천 개의 이불에 깔린 것마냥 숨이 막히는 기분이었다. 여기서 쫓겨나면 주민들은 어떻게 될까…….

"못 놓는다, 이놈아."

우리와 대여섯 발짝 떨어진 곳에서 한 할아버지가 철거반원의 옷자락을 부여잡은 채 울부짖고 있었다.

"이제 곧 겨울인데 어디로 가라는 거냐!"

철거반원은 짜증스런 표정으로 할아버지를 향해 "이거 못 놔!" 라고 소리쳤다. 그러나 말을 듣지 않자 할아버지를 내동댕이쳤다. 바닥에 쓰러진 할아버지는 크게 비명을 내질렀다. 백부가 얼른 달려갔다.

"노인장!"

아무래도 크게 다친 것 같았다. 할아버지는 제대로 눈을 뜨지 못하고 끄으응, 신음만을 흘렸다. 당황한 철거반원이 어디론가 급히 뛰어갔다. 백부는 빠른 동작으로 휴대폰을 꺼내들었다.

"119죠? 빨리 좀 와주세요!"

나는 겁에 질린 채 멍하게 서 있었다. 얼마간 시간이 흐르자 사라졌던 철거반원이 대장을 데리고 나타났다. 상황을 파악한 대장은 난감한 듯 중얼거렸다.

"이거 귀찮게 됐구먼…….."

"자네들, 이거 너무한 거 아닌가!"

백부가 호통을 치자 대장은 낮게 가라앉은 목소리로 대꾸했다.

"우리는 그저 위에서 시키는 대로 할 뿐입니다."

"아무리 그래도 그렇지, 최소한 사람이 다치게 해선 안 되지 않느냐 말일세!"

대장과 백부가 말씨름을 하는 동안 119 구급대가 나타났다. 크게 울리는 사이렌에 모든 사람이 동작을 멈추고 이쪽을 쳐다보았다. 차에서 내린 구급대원들은 할아버지의 상태를 살피기 시작했다. 표정이 몹시 심각했다.

"할아버지는 괜찮을까요?"

내 물음에 백부는 긴 한숨을 내쉬었다.

"글쎄다. 별일 없기를 빌어야겠지."

마침내 구급대원들이 할아버지를 차에 싣고 떠나자 대장은 주변을 서성이며 뭔가 깊은 고민에 잠겼다. 그러다가 철거반원들을 불러 모으고 굴삭기도 멈추게 한 뒤에 주민들을 향해 외쳤다.

"오늘은 이만 철수하고 보름 뒤에 다시 오겠습니다. 그때는 정말 사정 봐주지 않고 무조건 싹 밀어버릴 줄 아십시오!"

대장의 말을 듣자마자 나도 모르게 입에서 안도의 숨이 터져 나왔다. 정말이지 미정이 누나의 집이 무사하게 되어 다행이었다. 백부도 일단 위기를 넘긴 사실에 안심하는 표정을 지었다. 서로의 어깨를 토닥이며 주변을 정리하는 주민들을 바라보다가 백부와 나는 등을 돌렸다.

집을 향하는 내내 백부는 아무 말이 없었다. 조용히 앞만 보며 걷는 백부 곁에서 나는 오늘의 일을 떠올려보았다. 내가 여태껏 접한 영화와 책에서 떠들어댄, '언제나 정의가 이긴다'라는 말은 틀린 걸까? 새빨간 거짓일까? 머릿속이 안개가 낀 듯 뿌예지는 느낌이었다.

철물점에 거의 도착했을 즈음이었다. 백부와 나는 동시에 걸음을 멈췄다. 길 한복판에 고양이가 죽어 있었던 거다. 짐작하기에 길을 건너다 자동차에 치인 것 같았다. 나는 눈살을 찌푸리며 고개를 틀었다.

"쯧쯧."

백부는 혀를 차며 철물점으로 들어갔다. 잠시 뒤 밖으로 나온 그의 손에는 커다란 삽이 들려 있었다. 조심스런 동작으로 고양이를 품에 안은 백부는 가까운 풀숲으로 걸어가 땅을 파기 시작했다. 짙은 흙냄새가 맡아지고, 근처에서 여치 울음소리가 요란스럽게 들려왔다.

이윽고 커다란 구덩이가 만들어지자 백부는 그곳에 고양이를 눕혔다. 그러고는 지친 얼굴로 나를 돌아보았다.

"동현아. 길에서 차에 치여 동물이 죽는 걸 '로드킬'이라고 부른단다."

"로드킬이요?"

"그래. 아마도 거대한 차를 모는 운전자들은 자기가 동물을 친 사실조차 모르겠지. 하지만 그들의 사소한 부주의에 동물들은 목숨까지 위태로운 상처를 얻는 거야. 윗동네의 경우도 똑같다. 도시

정비를 한답시고 강제 철거를 하면, 쫓겨난 주민들은 그야말로 벼랑 끝에 서는 거지……."

깊은 한숨을 내뱉으며 백부는 덧붙였다.

"해고 역시도 마찬가지다. 커다란 회사는 구조조정이란 이름 하에 쉽게 직원을 자르지만, 그렇게 쫓겨난 직원은 치명상을 입게 되는 거지. 만약 그 직원이 한 집안의 가장이라면 그 가족들까지 똑같은 신세가 되는 거고."

백부는 구덩이를 메우기 시작했다. 불그스름한 오후 햇살이 그의 얼굴에 비껴들었다. 머리 위로 새 한 마리가 나타나 주위를 빙빙 맴돌았다. 작업을 마친 백부는 이마의 땀을 닦으며 중얼거리듯 말했다.

"어쩌면 차라리 이 녀석처럼 죽는 게 나을지도 모르겠군. 정말로 힘들고 고통스러운 건 상처 자체가 아니라, 상처 난 채로 견뎌야 하는 시간이거든. 게다가 어떤 상처는 아무리 시간이 흘러도 아물지 않지……. 그러고 보니 길 위에서 죽는 건 이 녀석이나 인간이나 똑같네그려."

우울한 기분으로 집에 돌아오니 가족들은 저녁 식사 중이었다. 엄마는 늦게 들어온 내게 한바탕 잔소리를 퍼부어댔다. 입맛이 없었지만 나는 억지로 식탁에 가 앉았다.

"형수님, 오늘 윗동네에서 난리 났었다면서요?"

삼촌의 말에 엄마는 웃음을 터트렸다.

"드디어 올 게 온 거지. 이제 곧 여기도 재개발 될 거예요. 그러면 우리는 입주권 받아서 아파트 들어가면 되는 거야."

엄마는 윗동네 일을 화제로 한참 동안 떠들었다. 나는 그곳 주민들은 아랑곳하지 않는 엄마가 미웠지만 말싸움을 하고 싶지 않아 잠자코 있었다.

얼굴에 마스크 팩을 붙인 엄마가 일찌감치 잠자리에 들고 삼촌이 자기 방으로 들어가니, 거실에는 아빠와 나만 남게 되었다. 아빠는 소파에 비스듬히 누워 뉴스를 시청했다. 아나운서가 노부부를 친 뺑소니범이 무거운 형량을 선고받았다는 소식을 전하자 나는 가시 돋친 목소리로 아빠에게 말했다.

"사람이 죄를 지으면 꼭 저렇게 벌을 받는다니까. 그래서 평소에 몸 사리며 착하게 살아야 하지."

"그게 무슨 얘기야?"

"별거 아냐. 세상에 완전 범죄는 없다는 거지."

아빠는 말없이 나를 바라본 뒤에 매장으로 나갔다. 그의 뒷모습을 쏘아보다가 나는 마루에 벌렁 드러누워 바바리맨 팬카페에 대해 고민했다.

'그대로 내버려둬도 괜찮을까⋯⋯.'

정말이지 아빠가 바바리맨이 된 후로 하루도 마음 편할 날이 없는 것 같았다. 내가 전생에 무슨 큰죄를 지었는지, 원. 돌연 울화가 뻗친 나는 어떡하겠다는 생각도 없이 아빠에게로 달려갔는데, 그는 배달 자전거에 쌀 포대를 싣는 중이었다. 그 광경을 본 나는 의아함에 빠져들었다. 그도 그럴 것이, 이렇게 늦은 시간에 배달을 가는 경우가 그동안 한 번도 없었던 거다.

역시 아빠에게는 꿍꿍이가 숨어 있었다. 그는 자전거를 끌고 집 뒤편으로 가서 바바리맨으로 변신을 했다. 그러고는 자전거를 타고서 어딘가로 향했다. 나는 날쌘 동작으로 롤러브레이드를 찾아 신고 아빠를 쫓았다.

배달 자전거의 목적지는 뜻밖에도 낮 시간에 엄청난 소동이 있었던 윗동네였다. 그곳은 언제 그런 일이 있었냐는 듯 무척이나 고요했다. 창에서 새어나오는 불빛이 희끄무레한 어둠 속에서 반짝였고 달그락거리는 설거지 소리가 들려왔다. 동네 입구에서 자전거를 멈춘 아빠는 눈앞의 풍경을 가만히 응시하였다. 사람들이 자기 집에서 쫓겨나는 것에 대해 화가 치솟는 걸까? 깊은 생각에 잠긴 것 같은 아빠를 나는 물끄러미 바라보았다.

다시 페달을 밟으며 동네 깊숙이 들어간 아빠는 판자로 얼기설기 만들어진 집 앞에 멈춰 섰다. 작은 부엌 창에 언뜻 누군가의 얼굴이 나타났는데, 나도 잘 알고 있는 장씨 할아버지였다. 가족 없이 혼자 지내는 할아버지는 거의 매일 우리 슈퍼를 찾아 라면과 소주를 사가곤 한다. 아빠는 그 집 앞에 소리 없는 동작으로 쌀 한 포대를 내려놓았다. 자세히 보니 거기에 메모지 한 장이 붙어 있었다. 아빠의 모습이 눈에서 완전히 사라지자 나는 메모지를 확인했다.

'건강을 생각해서 밥 챙겨 드세요.'

참 여러 가지로 당황하게 만드는 아빠였다. 도대체 이 아저씨가 왜 이러지? '하루에 한 가지씩 착한 일 하기' 같은 방학숙제라도 받은 건가? 여러 생각이 머릿속에 소용돌이쳤지만 일단 나는 아빠가 사라진 방향으로 내달렸다.

다음으로 아빠가 향한 곳은 다름 아닌 미정이 누나 집이었다. 간혹 들리는 대화 목소리로 보아 누나와 동생이 있는 듯했다. 아빠는 방금 전과 마찬가지로 문 앞에 쌀 포대를 내려놓았다. 이번에도 역시 메모지가 있었다.

'힘든 시간은 반드시 지나가는 법이에요.'

메모지를 든 채로 나는 아빠가 이런 행동을 하는 이유를 고민했다. 그러나 도무지 그 속내를 알 수 없었다. 다만, 이런 일이 이번 한 번으로 끝날 것 같지 않은 예감이 강하게 들었다.

2

아빠는 시시때때로 산타클로스로 변신해서 윗동네 주민들에게 먹을거리를 가져다줬다(좀 더 시간이 지나서는 치약이나 휴지 같은 생필름도 선물 목록에 포함되었다). 그런 모습을 지켜보며 나는 자연스레 한 가지 사실을 깨닫게 되었다.

아빠가 진짜 히어로가 되기로 작정한 것임을.

그랬다. 아빠는 우리가 알고 있는 영화 속 히어로와 비슷했다. 어려움에 처한 사람에게 도움을 주고, 남몰래 움직이며, 나타났나 싶으면 어느새 스윽 사라져 버리는……. 내가 인정하든 안하든 아빠는 히어로의 길을 걷고 있었다.

아빠가 산타클로스 흉내를 내며 윗동네에 드나든 지 얼마쯤 뒤였다. 용두동에 바바리맨이 어려운 형편의 사람들을 돕는다는 소문이 퍼지며 지역 신문에 그 일이 실리게 됐다. '변태? 아님 얼굴 없는 천사?'라는 제목을 단 기사였는데, 도대체 바바리맨의 정체가 뭐냐는 것이 주된 내용이었다. 그러다가 일이 걷잡을 수 없이 커지며 정말 뜻밖이고 놀랄 만한 사건이 터졌다.

가을 운동회가 얼마 남지 않은 날이었다. 언덕길이 시작되는 사거리에 방송국 로고가 붙은 트럭이 나타났다. 구경 나온 이들로 인해 발 디딜 틈도 없는 가운데, 트럭에서 내린 사람들('STAFF'라고 적힌 조끼를 입고 있었다)이 분주히 움직이며 촬영 준비를 했다.

"미친놈 때문에 우리 동네가 테레비에 나올 줄이야!"

"세상에, 살다 살다 이런 일이 다 있네!"

"우리도 방송에 나오면 출연료 주나?"

동네 사람들은 들뜬 기색을 감추지 못했다. 방송국에서 촬영하는 프로그램은 〈특종, 정말로 이런 일이〉였고, 그 주인공은 바바리맨이었다. 나로서는 이런 사태가 너무나 어이없었지만, 한편으로는 프로그램이 〈추적 60분〉이나 〈PD수첩〉, 혹은 〈그것이 알고 싶다〉가 아닌 것이 다행으로 여겨졌다.

"아직 녹화 전이군."

주민들 틈에 섞여 있노라니 누군가 내 곁으로 다가왔다. 라이더 재킷과 스키니 진을 입고 머리에 페도라를 쓴 삼촌이었다.

"패션쇼라도 나가는 거야?"

내가 빈정대자 삼촌은 자신감에 찬 태도로 말했다.

"오늘이 네 삼촌 전국구 스타로 데뷔하는 날이다!"

삼촌에 이어 아빠와 백부가 나타났다. 자세히 보니 아빠도 예사 차림은 아니었다. 그가 가진 옷들 중 가장 비싼 가죽점퍼를 걸쳤고 발에는 키높이 구두까지 신고 있었다. 과도하게 매스컴을 의식하는 건 형제가 물려받은 유전인 모양이다.

"실물은 별로구먼."

백부의 시선을 따라가자 방송국 트럭 뒤에서 손거울을 보며 화장을 하는 낯익은 여자 앵커가 보였다.

"저는 예쁜 것 같은데요."

아빠가 얼굴을 붉히며 한 말에 삼촌이 고개를 끄덕였다.

"저도 괜찮은 것 같아요. 혹시 애인 있으려나……."

아, 여자 취향도 유전인가 보다.

마침내 촬영이 시작되자 주민들은 카메라 앞에서 난리를 피워 댔다. 스태프들이 말려도 소용없었다. 여태껏 여러 동네를 돌아다 녔지만 이런 곳은 처음이라는 듯 스태프들은 하나같이 혀를 내둘 렀다. 삼촌과 아빠도 주민들 소란에 동참했는데, 특히 아빠는 그윽 한 눈빛으로 카메라 렌즈를 응시하는 게, 꼭 뭔가 얘기하려는 것 같았다. 짐작하기에, 그건 이 말 아닐까? 내가 화제의 바바리맨이 야! 숨은 히어로가 바로 나라고!

"요즘 이 동네에 바바리맨이 출몰한다고 합니다. 그런데 그 바바리맨이 조금 특이합니다."

난장판 상황에서도 리포터는 침착하게 멘트를 날렸다.

"먼저, 바바리맨과 맞닥뜨린 여학생들의 의견을 들어보겠습니다."

리포터는 옆에 서 있던 여고생에게 마이크를 갖다 댔다. 그러자 그 누나는 긴장된 표정으로 입을 열었다.

"우리 동네 바바리맨은 절대 나쁜 사람이 아니에요. 깡패에게 괴롭힘 당하는 학생을 구해주기도 하고 가난한 이웃을 도와주기 도 하죠. 그래서 우리들은 그를 히어로라고 불러요. 용두동 슈퍼 히어로!"

리포터는 계속해서 학생들과 인터뷰를 진행했는데, 전부 하나 같이 바바리맨을 진정한 히어로라고 떠들어댔다. 그들뿐만 아니 라, 바바리맨 때문에 집값 떨어진다느니, 애들 귀갓길이 걱정된다느니 하던 주민들도 죄다 좋은 소리만 늘어놓았다. 그런 광경을 아빠는 굉장히 흐뭇한 표정으로 지켜보았다.

아빠의 모습에 짜증이 나서 그만 자리를 뜨려던 참이었다. 거리 한쪽에 나란히 서 있는 백부와 파출소장님이 보였다.

"난리 났구먼, 아주 난리가 났어."

파출소장님이 빈정거리자 곁에 선 백부가 웃음 띤 얼굴로 대꾸했다.

"그동안 드라마 촬영 한 번 없던 우리 용두동이 드디어 매스컴을 타네요. 아주 역사적인 날입니다!"

백부를 보며 쯧쯧, 혀를 찬 뒤에 파출소장님은 카메라 근처에서 얼쩡거리는 최순경을 향해 신경질적으로 외쳤다.

"야, 너는 왜 거기서 바보짓 하고 있어!"

시무룩한 표정으로 다가온 최순경에게 파출소장님은 나를 가리키며 타박했다.

"네가 애처럼 초딩이냐!"

나는 입술을 삐죽였다. 초딩이긴 하지만 저는 그런 짓 안하거든요!

파출소장님은 최순경을 끌고 파출소로 들어갔다. 백부와 나는 은근슬쩍 그 뒤를 쫓았다.

"히어로? 어떻게 변태 자식이 히어로야!"

파출소장님은 의자에 앉고서도 계속 구시렁거렸다. 나는 생전 처음 들어와보는 파출소 내부를 여기저기 살폈는데, 기대했던 총은 어디에도 보이지 않고 마치 교무실처럼 책상과 의자만이 덩그러니 놓여 있었다.

"가만 보면, 방송국도 참 할 일 없어. 밤낮없이 뛰어다니는 일선 경찰관들의 노고를 찍으면 얼마나 좋아? 국민의 안전과 행복을 위한다는 사명감 하나로 희생하는 경찰! 벌써 포맷이 쫙악 나오잖아?"

백부가 웃음 띤 얼굴로 말을 받았다.

"글쎄요…… 요즘은 얼마 전에 터진 뇌물 스캔들 때문에 견찰 이미지가 너무 나쁘잖습니까. 이런 시국에 그런 걸 방송하기에는 곤란하지 않을까요?"

"거, 발음 좀 똑바로 하라니까!"

백부가 난처한 표정으로 어쩔 줄 몰라 하는 중에 출입문이 열리고 뚱뚱한 몸집의 남자가 나타났다. 경찰 제복을 걸친 나이 많은 아저씨였는데, 그를 보자마자 파출소장님이 의자에서 벌떡 일어났다.

"서, 서장님! 이 누추한 곳에는 어인 일로 납시었습니까?"

남자는 느릿느릿 파출소 안으로 걸어 들어왔다. 그리고 곧이어 그의 비서처럼 보이는 젊은 경찰이 모습을 드러냈다. 파출소장님은 최 순경을 향해 외쳤다.

"야, 뭐해. 빨리 에스프레소 한 잔 진하게 타와봐."

최 순경이 볼멘소리로 대꾸했다.

"여기 에스프레소 머신이 어딨습니까."

"없으면 나가서 사오면 되지. 용상과 동급인 서장님에게 싸구려 인스턴트 드릴 순 없잖아!"

최순경은 허둥대며 밖으로 뛰어나갔다.

"전갈이라도 주고 오시지 않구요."

파출소장님이 굽신거리는 태도로 말하자 창가에 선 남자가 입을 열었다.

"청장님 뵈러 가는 길에 잠깐 들렀네."

"아, 그러시군요. 모처럼 서장님의 용안을 알현하게 되어 기쁘기 그지없습니다."

남자는 손수건으로 이마의 땀을 닦으며 모자를 벗었는데, 보기에도 아주 시원한 대머리였다. 나는 백부의 옆구리를 찔렀다.

"저 서장님이라는 아저씨, 높은 사람이에요?"

백부가 말없이 손을 들어 엄지를 치켜세우자 나는 어째서 우리나라의 높은 사람들은 대머리가 많을까, 하는 궁금증을 느꼈다. 국회의원 아저씨들을 봐도 죄다 대머리다.

"바깥이 아주 시끄럽더구먼?"

뒷짐을 진 채 근엄한 표정으로 창밖을 바라보던 남자가 말했다. 파출소장님은 크게 당황하며 꾸벅 고개를 숙여보였다.

"소인의 불찰로 감히 서장님의 심기를 불편하게 했습니다. 부디

소인을 중죄로 다스려…….”

“아아, 됐고.”

남자는 짜증스럽게 팔을 내저었다. 그러고는 한차례 큰 헛기침을 한 뒤에 무겁게 입술을 뗐다.

“그깟 바바리맨 때문에 서가 움직이는 것도 볼썽사납고…….”

남자는 갑자기 획 몸을 돌려 정면으로 파출소장님을 쳐다보았다.

“그 바바리맨 말이야, 자네가 책임지고 잡아내게!”

“제, 제가요? 그게, 안 그래도 요즘 순찰을 강화하고 있긴 한데…….”

“자네 진급할 때가 훨씬 지났지, 아마? 자네도 오랜만에 꽃 한번 피워봐야지?”

“꽃이라 하심은…… 무궁화!”

파출소장님은 멍한 표정이 되더니 갑작스럽게 구십 도로 허리를 굽혔다.

“이 한 목숨 바쳐 기필코 놈을 잡아 서장님께 바치겠습니다!”

남자는 파출소장님의 어깨를 두어 번 두드리고는 비서와 함께 파출소를 빠져나갔다. 배웅을 나간 파출소장님은 남자가 탄 차가 사라질 때까지 경례 자세로 꼿꼿하게 서 있었다.

“휴…….”

자리로 돌아온 파출소장님은 길게 숨을 내쉬었다. 너무 긴장한 탓에 피로감이 몰려오는 것 같았다. 뒤늦게 테이크아웃 커피를 들고 나타난 최 순경은 남자가 떠났다는 사실을 알고서 무척 허탈해했다.

"잘됐구먼. 그거 내가 마시면 되겠어."

백부는 최 순경에게서 커피를 뺏어들어 한모금 마신 뒤 은근한 목소리로 파출소장님에게 물었다.

"정말로 바바리맨 잡을 생각입니까?"

파출소장님은 의욕 충만한 얼굴로 두 주먹을 불끈 쥐고서 소리쳤다.

"바바리맨인지 뭔지 잡아서 나도 진급 좀 해봅시다! 그래서 본서 인테리어 구경 좀 해보자고!"

백부가 들릴 듯 말 듯 중얼거렸다.

"경찰서 인테리어가 거기서 거기지……."

문득 아빠를 떠올린 나는 더럭 겁을 집어먹었다. 아무리 파출소장님이 허당이라고 해도 경찰인 이상 한번 바바리맨을 잡기로 마음먹으면 어떻게든 결과를 낼 것 같았기 때문이다.

'아, 이젠 어쩌지……'

파출소를 나서보니 이미 촬영이 끝나 거리가 조용했다. 백부와 함께 걸음을 옮기며 나는 불안한 심정으로 고민에 잠겨들었다. 당장이라도 아빠를 뜯어말려야 할까. 바바리맨을 그만두도록 설득해야 할까.

"동현아, 출출하지 않냐?"

분식 노점을 발견한 백부가 내게 말을 걸었다. 아무 대꾸도 하지 않자 그는 나를 끌고 노점으로 갔다. 그러고는 푸근한 인상의 주인아주머니에게 핫도그 두 개를 주문했다.

"아주머니, 케첩 좀 많이 뿌려줘요."

핫도그를 받아든 백부와 나는 근처의 벤치에 나란히 앉았다. 백부는 핫도그의 케첩부터 핥은 다음 조심스레 튀김옷을 벗겨 먹었다. 이윽고 소시지가 나오자 그것을 아끼듯 조금씩 베어 물었다.

"왜 안 먹어?"

백부가 손에 들린 핫도그를 바라보기만 할 뿐인 내게 물었다.

"……."

"아빠가 붙잡힐까 봐 걱정 되냐?"

놀란 나는 고개를 쳐들었다.

"나이가 들면 누가 말해주지 않아도 저절로 알게 되는 게 있지. 공중화장실의 소변기가 만원일 때에는 되도록 젊은 사람 뒤에 서는 게 유리하다는 것, 탈모는 아무리 애를 써도 막을 수 없다는 것, 잘났든 못났든 간에 사람이란 제 삶의 길을 갈 뿐이라는 것……."

"알은체를 좀 하시지 그랬어요."

"아빠 때문에 많이 힘들었나?"

울컥 서러움이 올라왔지만 나는 꾹 눌러 참았다. 그러고는 백부에게 그동안의 일들을 죄 털어놓았다. 마치 미리 준비라도 한 듯

이야기가 술술 흘러나왔다. 한참 뒤 내 얘기를 전부 들은 백부는
말했다.

"바바리맨이 붙잡히지 않도록 내가 도와주마."

백부를 쳐다보며 나는 조심스레 물었다.

"백부는 바바리맨 편이세요?"

얼굴 가득 미소를 지으며 백부는 내 어깨를 감싸 안았다.

"바바리맨의 활약을 듣고 나는 참 기뻤다. 왜냐면…… 지금은
영웅이 필요한 시대니까."

플라이휠

1

"동현, 좀 더 감정을 넣어봐요!"

브랜든이 나에게 소리쳤다. 한손에 대본을 꽉 쥔 모습이 꼭 영화 감독 같았다. 나는 짜증을 억누르고서 다시 대사를 내뱉었다.

"I wonder about a world outside of the bell tower. I wish to get out of here(종탑 밖 세상이 궁금해. 이제는 여기서 벗어나고 싶어)."

이번에는 오케이인가. 힐긋 브랜든을 보니 여전히 탐탁지 않은 표정이었다.

"잠깐 쉬었다가 하죠."

브랜든의 말을 들은 아이들이 재잘거리며 교실을 빠져나갔다.

나는 어깨를 늘어뜨린 채 로비로 가서 정수기 앞에 섰다. 물을 마시다가 목이 따끔거려 아아, 소리를 내보니 목소리가 쉬어 있었다. 공연 전 보름은 연극 연습으로 수업이 대체된다. 엑스트라를 맡았을 때에는 맘껏 여유를 즐겼었는데, 주인공인 이번에는 사정이 완전히 딴판이다. 정말이지 하루하루가 너무나 고달프다.

'이럴 줄 알았으면 절대 주인공 안 맡는 건데……'

정수기에서 돌아서는데 누군가 내 어깨에 손을 올려놓았다. 브랜든이었다. 내 눈을 들여다보며 그는 말했다.

"마음을 편하게 가져요. 주인공이라고 해서 큰 부담을 느낄 필요는 없어요. 공연이란 모두가 함께 만들어가는 거예요."

어쩜 이렇게 EBS 같은 말만 하는지. 내가 씨익 웃어보이자 브랜든은 자기 말을 알아들었다고 판단했는지 내 머리를 쓰다듬은 다음 엘리베이터 쪽으로 걸어갔다.

"하아……"

한숨을 내쉬며 교실로 걸어가던 나는 발을 멈췄다. 복도 한쪽에서 스마트폰을 들여다보며 킥킥대는 종민이와 강세나를 발견했던 거다. 요즘 들어 저 둘 사이가 부쩍 좋아졌다. 다정하게 대화를 나누는 것은 물론, 학원을 오갈 때도 함께하는 눈치다. 나 모르게 무슨 일이 있었던 게 분명하다.

"야, 여기 와서 이것 좀 봐봐."

종민이가 나를 향해 외쳤다. 내가 다가가자 종민이는 스마트폰 화면을 보여주었다.

"이번에 새로 나온 게임인데, 개재밌어!"

종민이에게서 게임 설명을 듣는 나를 강세나가 흘긋흘긋 쳐다보았다. 그러다가 나와 눈이 마주치자 그 애는 볼우물을 만들며 생긋 웃어보였다. 잠시 뒤 강세나가 화장실에 간다며 자리를 뜨자 나는 종민이에게 넌지시 말을 건넸다.

"요즘 강세나랑 친하게 지내는 것 같다?"

"어? 어……."

종민이는 제대로 대답을 못 하고 양 뺨을 붉힌 채 고개를 외틀었다. 그 모습을 본 나는 종민이와 강세나 관계에 더욱 의심을 키웠다. 도대체 저 둘 사이에 무슨 일이 있었던 거지?

"참, 너 연기 많이 늘었더라?"

종민이가 갑자기 화제를 돌렸다.

"애들이 전부 너 연기 잘한대."

사실, 브랜든과 아이들의 감탄을 자아낸 건 내가 아니라 종민이였다. 진짜로 얘는 자기가 맡은 역을 기대 이상으로 해냈다(브랜든이 종민이를 배려해 최대한 대사를 줄이긴 했지만).

"요즘 아빠하고는 잘 지내?"

문득 내가 묻자 종민이는 내 표정을 살핀 뒤 덤덤하게 대답했다.

"우리 아빠, 가수 그만뒀어."

"정말?"

"응."

"너 때문에?"

종민이는 대꾸 없이 고개를 주억거렸다.

"아빠가 가수 안 하니까 어때? 좋아?"

종민이는 속이 후련하다며 활짝 웃었다. 그 얼굴을 보며 나는 애가 왕따에서 벗어날 수 있겠다는 생각에 다행이구나 싶었다. 그러나 뒤이어 나후나 아저씨를 떠올리자 슬픈 감정이 일었다. 이제 아저씨의 가수 생활은 끝일까. 이대로 영원히 노래는 부르지 못하게 되는 걸까.

연극 연습을 마친 나는 피시방에 가자는 종민이의 제안을 뿌리치고 윗동네로 갔다. 철거반원 대장이 다시 오겠다고 말한 날이 며칠 앞으로 다가와 걱정이 되었던 탓이다. 도착해보니 그곳은 평소와 전혀 다르지 않았다. 작은 창들에서 음식 냄새가 새어나왔고, 이따금 두런거리는 소리가 들려오기도 했다. 천하태평한 모습을 보자 그만 온몸의 맥이 쑥 빠져버렸다.

"정말 어쩌자고 이러는지."

몸을 돌려 집으로 향하던 나는 동네 어귀에서 발을 멈췄다. 누군가 굴삭기 곁에 쪼그려 앉아 무릎 사이에 고개를 파묻고 있었던 거다. 살짝 드러난 옆 얼굴이 많이 익숙했다.

"……누나?"

내가 다가가자 미정이 누나는 고개를 들었다. 첫눈에도 운 것 같은 얼굴이었다. 누나는 멍하게 나를 보다가 입을 열었다.

"여긴 무슨 일로 왔어?"

조금 망설인 뒤에 나는 작은 목소리로 대답했다.

"걱정이 돼서요."

"…… 정말?"

누나는 애써 웃음을 지어보였다. 나는 조용한 동작으로 누나 옆으로 가 앉았다.

"어쩌면 동현이를 만나는 것도 이번이 마지막일지 모르겠네."

"마지막이요?"

"이제 곧 여기서 쫓겨날 테니까 말이야."

"아……."

"벌써 짐까지 다 싸놨어. 일단은 근처의 여관에서 지내다가 나중에 아빠가 퇴원하면 이사 갈 집을 알아볼 계획이야……. 막상 이 동네를 떠난다고 생각하니 많이 아쉬워. 초등학생 때부터 살아서 정이 많이 들었거든. 솔직히 말하면, 처음에는 이 동네에 사는 게 너무 창피했어. 그래서 등하교 때에는 혹시라도 친구들이 볼까봐 일부러 먼 길로 돌아서 다니곤 했지. 하지만 지금은 그렇지 않아. 비록 작고 초라할지언정, 우리 가족이 몸 누일 수 있도록 허락된 공간이 있다는 게 얼마나 감사한지 몰라."

잠깐 말이 없던 누나는 팔을 들어 먼발치에 있는 현수막을 가리켰다. 거기에는 '주거생존권 보장하라'고 적혀 있었다.

"예전에는 '주거생존권'이란 개념을 이해하지 못했어. 저게 도대체 무슨 말인가 싶었지. 하지만 지금은 어렴풋이 그 뜻을 알 것도 같아. 집은 단순히 사람 사는 데가 아니야. 집이란 토대가 있어야 비로소 그 위에 일상이나 꿈, 희망 같은 기둥을 세울 수 있지. 그러니까 집 없인 제대로 살아갈 수 없는 거야."

나는 얼마 전 학교에서 배운 '의식주'를 떠올렸다. 선생님은 그것이 인간 생활의 삼 요소라고 했는데, 누나 말을 듣고 보니 비로소 그 내용이 이해가 됐다.

"그럼 왜 가만히 있는 거예요? 여길 지키기 위해 뭐라도 해야 하지 않아요?"

조금 흥분한 채 내가 묻자 누나는 가라앉은 목소리로 대답했다.

"……포기한 거야. 여기 사람들은 알고 있거든. 어디에도 우리 편이 없다는걸."

마음이 답답했다. 어째서 이런 일이 일어나야 하는지 알 수 없어 답답했고, 이 상황에서 내가 할 수 있는 게 아무 것도 없어 답답했다.

"이곳을 떠나면 한 가지 아쉬운 게 있네……."

나는 눈을 깜빡이며 누나를 바라보았다.

"더 이상 바바리맨을 만날 수 없다는 것."

"누나도 바바리맨과 맞닥뜨린 적이 있어요?"

"응. 그것도 아주 여러 번."

누나는 내 쪽으로 고개를 기울이고서 장난스런 미소를 지었다.

"어디 그뿐인가, 그에게서 외상으로 물건을 사기도 했는걸."

나는 신음을 내뱉었다.

"알고…… 있었어요?"

"처음엔 나도 전혀 알아차리지 못했어. 그런데 가까운 친구 중에 바바리맨을 만난 애가 있었지. 걔가 바바리맨의 목 안쪽에 하트 모양의 점이 있다는 말을 해주는 거야. 그걸 듣자 단박에 슈퍼 아저씨가 떠오르더라구. 그렇게 의심을 품고 있다가 나중에 바바리맨 팬카페에 올라온 사진을 살펴보고 확신하게 됐어."

이건 뭐, 전부 바바리맨 정체를 알고 있네. 나는 푸념하듯 말했다.

"아빠가 왜 그런 짓을 하는지 모르겠어요. 도대체 이유가 뭘까요?"

"음…… 그건 모르겠지만, 나는 아저씨가 절대 나쁜 분은 아니라고 생각해. 착한 일도 많이 하시잖아. 우리 동네 사람들에게 선물도 주시고 말이야."

"그건 어떻게 소문이 퍼졌는지 모르겠어요."

"나 때문이야. 밤에 보초를 서던 중에 바바리맨을 발견했거든. 그날, 그 뒤를 쫓는 너도 봤지. 그래서 너 역시 바바리맨과 관계된 아저씨의 비밀을 알고 있단 걸 짐작하게 됐고."

누나는 마을 사람들이 바바리맨에게 진심으로 감사해한다고 알려줬다. 그리고 거기에 보태서 내게 바바리맨과 관계된 일로 아빠를 미워하지 말라고 충고해주었다.

"여유를 두고 생각해보면 세상에 이해 못할 일은 없어. 그리고 따져보면 여유롭지 못할 이유도 없잖아?"

미정이 누나와 헤어져 어스름이 깔린 거리를 걷노라니 차츰 마음이 무거워졌다. 누나는 앞으로 어떻게 될까. 이제 누나를 볼 수 없는 걸까. 이런 답답한 기분으로 집에 들어가기 싫다고 생각하다가 나는 문득 시인 아줌마를 떠올렸다. 이상하게 아줌마는 나이 차가 엄청난 어른인데도 조금도 어렵게 느껴지지 않았다. 한 번은 그 이유를 고민해봤는데, 아마도 내가 존중받기 때문인 것 같다. 엄마 같으면 대번에 '들어가서 학습지나 풀어!'하고 소리쳤을 얘기도 아줌마는 진지하게 귀 기울여준다. 한마디로, 나를 아무것도 모르는 초딩이 아니라 하나의 어엿한 인격체로 대해주는 거다.

옥탑방 앞에 서자 먼저 처칠이 짖는 소리가 들리고 이어서 누구세요, 하는 아줌마 목소리가 울렸다.

"저예요."

문을 연 아줌마는 반가운 얼굴로 나를 맞았다.

"오, 동현!"

누가 들으면 내 이름이 '오동현'인 줄 알겠네.

"바쁘세요?"

"뭐, 별로."

집 안에 들어가보니 아줌마는 시를 쓰고 있던 참인 것 같았다. 앉은뱅이 책상에 올려진 노트북의 화면에 한글 프로그램이 떠 있었고, 책장 한켠에 놓인 작은 라디오에서는 잔잔한 기타 연주곡이 흘러나왔다.

아줌마는 저번처럼 나를 식탁 의자에 앉히고서 따뜻한 코코아를 타주었다. 그러고는 내 맞은편에서 깍지 낀 손에 턱을 올려놓은 자세로 나를 쳐다보았다.

"똥현, 요즘도 고민이 많으신가?"

"거, 발음 좀!"

아줌마는 재밌다는 듯 깔깔 웃어댔다.

"오늘은 아빠 때문에 온 게 아니에요."

"그럼?"

한 모금 코코아를 마신 뒤에 나는 미정이 누나의 사정을 풀어놓기 시작했다. 아줌마는 팔짱을 낀 채 진중한 표정으로 내 얘기를 들었다. 창밖에서 시원한 바람이 불어왔다. 식탁 옆에 웅크려 앉은 처칠이 꾸벅꾸벅 졸았다.

십 분 정도 흘러 마침내 말을 마친 나는 하아, 한숨을 내쉬었다.

"이번 일이 누나에게 트라우마로 남을까 걱정 돼요."

"오, 트라우마도 알고 있어?"

"그럼요, '외상 후 장애'잖아요."

아줌마는 의자에서 몸을 일으켰다. 그러고는 생각에 빠진 것처럼 턱을 어루만지며 집 안을 서성였다. 나는 조용히 코코아를 마시며 아줌마를 지켜보았다.

"흠…… '외상 후 성장'이란 것도 있어."

한참 뒤 아줌마가 불쑥 말했다.

"외상 후 성장이요?"

아줌마는 손을 들어 창가를 가리켰다. 거기에는 작고 푸른 잎을 가진 화초가 놓여 있었다.

"녹보수라는 이름의 관상용 나무야. 잘 가꾸면 행운을 가져다준다는 속설이 있지."

내 얼굴을 살핀 뒤에 아줌마는 말을 이었다.

"나무를 튼튼하게 키우는 방법이 뭔지 알아? 아주 이상하게 들리겠지만, 그건 나무에게 고통을 주는 거야."

"네?"

"나무가 어느 정도 크게 되면 웃자란 가지들을 싹둑싹둑 잘라주지. 물론 나무도 살아 있는 생명인 만큼 고통을 느껴. 하지만 그렇게 하면 중심 줄기가 전보다 훨씬 굵어지고 굳건해져. 생명의 위협을 느낀 나무가 성장에 더욱 힘을 쏟기 때문이야. 그래서 크고 곧은 나무일수록 가지치기한 흔적이 많지."

앉은뱅이 책상에 놓인 스탠드에서 흘러나온 오렌지색 빛이 포근하게 주위를 감쌌다. 창으로 새어 들어온 바람이 내 이마를 부드럽게 쓸어주었다. 나는 아줌마의 말에 귀를 기울였다.

"인간도 마찬가지야. 트라우마를 겪은 사람들을 관찰해보면, 오히려 인격적으로 성숙해지는 경우가 많아. 자신이 받은 고통과 상처로 말미암아 세상과 타인을 깊숙이 바라보게 되는 거지. 바로, '외상 후 성장'이야."

처칠이 밥그릇 앞에서 컹컹 짖자 아줌마는 사료 봉지를 찾아들었다. 그런 뒤 밥그릇에 사료를 부어주며 처칠의 머리를 쓰다듬었다.

"미정이라는 아이는 분명 이번 일로 큰 상처를 받겠지. 그러나 그와 동시에, 크게 성장하게 될 거야. 어쩌면 성장이란, 고통 없이는 이뤄질 수 없는 것인지도 몰라."

아줌마의 말은 언제나처럼 잘 이해되지 않았다. 그러나 역시 언제나처럼 어딘가 마음을 건드리는 부분이 있었다. 잠깐 그 이유를 궁리해보니, 아무래도 아줌마가 시를 써서 그런 것 같았다.

"아줌마는 어떻게 시인이 됐어요? 원래부터 시인이 꿈이었어요?"

갑작스런 질문에 당황한 듯 아줌마는 쉽게 입을 열지 못했다. 그러다가 한참 뒤 말끝을 흐리면서 대답했다.

"시인이 되기를 바랐던 적은 단 한 번도 없어. 궁금증을 쫓다 보니 이렇게 된 거지……."

"궁금증이요?"

아줌마는 창으로 고개를 돌렸다. 그런 다음 마치 창에 비친 자기 자신에게 얘기하듯 잦아드는 목소리로 말했다.

"너만한 때부터 '나는 왜 이 세상에 태어났을까'라는 의문을 품었지. 그 답을 찾아 삶의 계단을 하나씩 밟아갔어. 꼭대기에 커다란 진리의 문이 있을 줄 알고서 말이야. 하지만 계단은 끝이 없었어. 다 올라갔나 싶으면 그 너머에 또 다른 계단이 있었지. 어쩌면 계단은 죽음 이후에도 이어져 있을지 몰라. 그리고 또 어쩌면 진리의 문도 없을지 모르고⋯⋯. 뭐, 그런대도 상관없어. 나는 그저 계단을 오를 뿐이야."

아줌마는 계단을 오르는 일이 굉장히 즐거우며, 계단을 오를 때마다 신이 준비한 서프라이즈 선물들을 발견한다고 덧붙였다. 그러고서 미소 띤 얼굴로 뭔지 모를 말을 읊조렸다.

"호레이쇼, 이 세상에는 자네가 상상할 수 있는 것보다 훨씬 대단한 것들이 숨어 있다네!"

2

안녕.

이제 연극 얼마 안 남았지? 너는 주인공이라서 부담감이 클 것 같아. 솔직히 말해 나는 잘 해낼 수 있을지 모르겠어. 이번 배역은 내게 아주 큰 도전이거든. 하지만 캐릭터에 대해 고민하며 연습하는 게 무척 즐거워. 그래서인지 요즘은 원래 꿈보다 배우가 되고 싶다는 생각이 들기도 해.

꿈 얘기가 나와서 하는 말인데, 사실 나는 얼마 전 한 친구에게 우연히 내 꿈을 털어놓은 적이 있어. 그때 걔는 열심히 노력했는데도 꿈이 이뤄지지 않으면 어떡하냐고 내게 물었지. 지금 생각하면 나는 거기에 제대로 된 대답을 못했던 것 같아. 조금 늦었지만 그 친구에게 대답 대신 들려주고 싶은 이야기가 있어.

6학년에 올라오며 나는 아빠에게 자전거 타는 법을 배웠지. 흔히 어렵다고 하는 균형 잡기는 그다지 힘들지 않았어. 두세 번 만에 넘어지지 않고 자전거를 탈 수 있었거든. 정작 내가 애를 먹은 건 계속 페달을 밟으며 앞으로 나아가는 일이었지. 평소에 운동을 전혀 하지 않은 이유로 체력이 바닥이었던 거야. 얼마 가지 못하고 자꾸만 멈춰서는 나를 안타깝게 바라보다가 아빠는 내게 이런 얘기를 해줬어.

"세나야. 처음에는 쉽지 않지만 일단 가속이 붙으면 애쓰지 않고 돌릴 수 있는 게 바퀴란다. 그러니까 가속이 될 때까지만 버티면 되는 거야. 사실 알고 보면 세상 모든 일이 이런 원리로 돌아가지. 이걸 '플라이휠 효과'라고 한단다."

플라이휠 효과. 그 말은 내 머리에 깊이 새겨졌어. 그 후 나는 힘들어도 꾹 참고 자전거 페달을 밟았지. 그러니까 어느 순간 정말로 힘이 별로 들지 않는 거야. 아주 약간의 다리 힘만으로도 자전거는 씽씽 나아갔지. 그제야 나는 자전거 타는 즐거움을 만끽할 수 있었어. 귓가를 간질이는 바람의 속삭임, 바퀴가 부드럽게 지면을 구르며 느껴지는 기분좋은 울림, 문득 고개를 들었을 때 한눈 가득 들어오는 파란 하늘…… 어쩌면 꿈을 향해 가는 길도 마찬가지 아닐까? 처음에는 힘들고 지치겠지만 시간이 흐르며 차츰 가속도가 붙어 편해질 거야.

후후. 글을 적어 놓고 보니 내가 누군지 밝히고 말았네. 맞아, 나는 강세나야! 많이 놀랐니? 이렇게 정체를 밝혀서 게임 룰을 어기고 말았지만, 어쩔 수 없다고 생각해. 반드시 너를 직접 만나 건네고 싶은 말이 있거든.

P.S. 오늘 학원 마친 뒤 지난번 만났던 놀이터에서 기다릴게. 꼭 나와야 해! ^^

그랬다. 믿기 힘들지만 강세나도 나를 뽑은 거였다. 나는 두근거리는 마음을 억누르며 강세나를 쳐다보았다. 그 애는 연기에 관해 브랜든과 대화를 나누고 있었다. 이마에 손을 짚은 채 나는 한숨을 토했다.

'얘는 어쩌자고 이렇게 덜컥 정체를 밝힌 거야.'

자신을 드러낸 것도 그렇지만 갑자기 나를 만나자고 한 것도 무척이나 당황스러웠다. 이유가 뭘까. 혹시 내가 자기를 뽑은 걸 눈치챈 걸까?

"뭘 그렇게 멍 때리고 있어? 주인공이라서 부담 돼?"

종민이가 옆구리를 찔러왔다.

"너는 어떤데? 여자 역할 힘들지 않아?"

"처음에는 많이 걱정됐는데, 지금은 오히려 재밌어."

환하게 웃는 종민이를 보고 나는 나후나 아저씨와 많이 닮았다고 느꼈다. 정말 아빠와 아들 사이가 맞구나⋯⋯. 나는 나후나 아저씨가 지금 무슨 일을 하는지 무척 궁금했지만 종민이에게 묻지는 않았다. 그게 얘를 난처하게 만들지도 모른다고 여겨졌던 거다.

브랜든과 이야기를 마친 강세나가 이쪽으로 걸어왔다. 우리 곁을 스쳐갈 찰나, 그 애는 화난 얼굴로 종민이를 향해 눈을 흘겼다. 그러자 종민이는 어쩔 줄 몰라 하며 고개를 폭 숙였다.

"강세나하고 무슨 일 있었냐?"

내가 묻자 종민이는 대답 없이 눈동자만 굴렸다. 표정이 굉장히 불안해보였다. 뭔가 큰 잘못을 저지른 것 같았다. 그런 종민이를 보며 나는 오늘 강세나가 만나자고 한 이유가 저번처럼 얘에 대해 뭔가 상담하려는 걸까, 조심스런 짐작을 했다.

연극 연습을 끝낸 나는 강세나와 대화를 나눴던 놀이터로 향했다. 하늘이 맑고 파란 빛이었다. 공기에서 희미하게 낙엽 냄새가 맡아졌다. 벤치에 앉아 있노라니 멀리서부터 익숙한 얼굴이 나타나 점점 가까워졌다.

"내가 좀 늦었지?"

따사로운 햇살에 강세나의 두 뺨이 붉게 달아올라 있었다.

"나도 방금 왔어."

내 옆에 앉은 강세나는 미소 띤 얼굴로 입을 열었다.

"연극 연습은 할 만해?"

"뭐, 그럭저럭."

잠시 연극에 대한 얘기를 나눈 뒤, 나는 강세나에게 따로 보자고
한 이유가 종민이 때문이냐고 물었다. 그러자 걔는 아니라며 고개
를 저었다.

"혹시 알고 있었니?"

"뭘?"

"나와 종민이가 사귄 거."

"뭐? 그거 진짜야?"

강세나는 얼마 전에 『노트르담의 꼽추』 원작 소설을 사기 위해
찾은 서점에서 우연히 종민이와 마주쳤다고 했다. 대화 중에 걔가
에스메랄다 역에 큰 부담을 느끼는 걸 알게 됐고, 그 후 서너 번 따
로 만나 연습을 도와주면서 가까워졌다는 것이다.

"그럼, 데이트도 했어?"

"응."

나는 텔레비전 드라마에서 남녀가 데이트 하는 장면을 떠올렸
다. 곧이어 키스 장면이 그려지자 가슴이 두방망이질 쳤다.

"그런데 이틀 전에 끝났어."

"끝나다니?"

"헤어졌다고."

나는 말문을 열지 못하고 그저 놀란 눈으로 강세나를 쳐다보기만 했다.

"걔가 먼저 헤어지자고 그랬지. 내가 귀찮아진 것 같았어."

명색이 실연인데, 얘는 멀쩡한 건가? 나는 조심스레 입을 열었다.

"…… 괜찮아?"

"흐음…… 조금 서운하긴 하지. 내 첫 연애가 키스도 없이 끝날 줄 몰랐거든."

아, 키스는 안 했구나. 왠지 모르게 안심이 되었다.

"그럼 왜 나를 만나자고 한 거야?"

"네 아빠 때문이야."

"아빠? 우리 아빠?"

"네가 아빠 때문에 너무 힘들어 보였어. 내 정체를 밝힌 것도 그 이유야. 계속 모른 척하면 너에게 도움을 줄 수 없잖아."

그동안 나는 강세나에게 몇 통의 편지를 보내 아빠에 대한 얘기를 털어놓았는데, 얘는 내가 무척이나 걱정됐나 보다.

"나는…… 네가 내게 고민을 털어놔줘서 참 고마웠어."

"너를 뽑은 게 나라는 건 어떻게 눈치챈 거야?"

"그건…… 브랜든이 영문 해석을 시킬 때 네가 칠판에 쓴 글씨와 편지 글씨를 비교해보고 알게 됐어."

역시 여자들은 예리하네……. 나는 강세나에게서 조금 떨어져

앉았다.

"여전히 아빠가 많이 미워?"

강세나의 물음에 나는 아무 대꾸도 하지 않았다. 그러자 걔는 생각에 빠진 듯 팔짱을 낀 채로 먼 데를 바라보다가 나직한 목소리로 말했다.

"우리 엄마가 해준 얘긴데 말이야. 누군가 화를 내거나 폭력적인 행동을 하면, 그건 도움이 필요한 신호래. 나, 많이 힘드니까 관심을 가져달라는……. 사실 처음엔 나도 그 말을 잘 이해하지 못했어. 그런데 학교에서 싸움을 하거나 남을 괴롭히는 애들을 잘 관찰해보니 정말로 그런 것 같지 뭐야. 자신의 위태로운 상태를 그렇게밖에 표현 못 하는 거지. 그걸 깨닫고 나니까 그런 애들이 싫거나 밉지 않고 오히려 굉장히 안타깝게 보이더라. 혹시 네 아빠도 비슷한 경우가 아닐까?"

"네 말이 맞는지는 모르겠지만, 우리 아빠가 원래부터 그랬던 건 아니야."

나는 밝고 활기찬 아빠에 대해 들려줬다. 농담을 좋아하고 장난도 잘 치며, 늘 입가에 웃음기를 머금고 있던……. 강세나는 두 눈을 깜박이며 내 말에 집중했다.

"그때는 아빠랑 목욕탕에도 자주 갔는데……."

"목욕탕?"

"목욕하며 아빠와 이런저런 대화를 나누는 게 무척 좋았어."

"지금도 아빠와 목욕탕 가고 싶어?"

"응."

이 나이에 아빠와 목욕이라니. 조금 부끄러워진 나는 말머리를 돌렸다.

"네가 편지에 썼던 플라이휠 효과란 거…… 진짜야?"

"물론이지! 나, 이제 자전거 잘 타. 이틀 전에도 혼자 자전거 타고 옆 동네까지 갔다왔는걸."

강세나는 양 볼에 보조개를 만들며 미소 지었다.

"꿈의 경우도 마찬가지 아닐까? 열심히 노력하다 보면 가속도가 붙어 점점 빠르고 즐겁게 자신이 꿈꾸는 것에 다가갈 수 있을 거야."

"흠……."

"네 꿈은 뭐야?"

"내 꿈?"

"저번에 알려준다고 했잖아."

얘 참 끈질기네. 잠시 당황하다가 나는 이번에도 다음에 말해준다며 대답을 피했다.

강세나와 헤어진 뒤 집으로 향하며 나는 플라이휠 효과에 대해 생각해보았다. 그러자 스튜어디스 꿈을 위해 벌써부터 준비를 하는 강세나가 유별나 보이지 않았다. 아니, 오히려 굉장히 똑똑하게 여겨졌다.

'하아, 속는 셈치고 나도 지금부터 꿈을 찾아볼까…….'

철물점에 다다르자 내 이름을 부르는 백부 목소리가 들려왔다. 그는 마침 우리 집에 가려던 참이었다며 나를 따라 길을 나섰다. 백부의 손에 들린 빈 반찬통을 보니 저번에 엄마가 준 김치를 다 먹은 모양이었다.

"네 아빠는 요즘도 바바리맨 때문에 바쁘냐?"

"뭐, 그렇죠."

나는 백부에게 바바리맨 팬카페에 대해 말할까 하다가 그만뒀다. 일단은 좀 더 상황을 지켜보는 게 좋을 것 같았다.

백부와 함께 슈퍼에 들어서자 카운터의 아빠가 '형님 오셨어요'라고 말하며 몸을 일으켰다.

"요즘은 무협지를 읽지 않는구면?"

백부의 말에 아빠는 어정쩡한 미소를 흘렸다.

"이제 웬만한 건 다 읽어서…….'

집 안으로 들어가던 나는 매장 구석에 있는 손님을 보고 멈칫했다. 등산 모자를 쓰고 안경을 착용한 남자였는데, 어딘가 굉장히 낯이 익었다.

'저 아저씨를 어디서 봤더라…….'

나는 남자에게 가까이 다가갔다. 나를 발견한 그는 엄청나게 당황하다가 허겁지겁 눈에 띄는 물건 하나를 집어 계산대로 가져갔다. 그 물건은 바로 이거였다.

성인용 기저귀.

남자의 새빨개진 얼굴을 보며 아빠는 입을 열었다.

"절대 부끄러운 일이 아닙니다. 나이는 속일 수 없거든요. 저도 이거 들여놓으면서 사가는 손님이 있을까 싶었는데, 의외로 찾는 분이 많더라고요."

남자를 뚫어지게 쳐다보던 백부가 돌연 억양을 높여 말했다.

"아니, 소장님 아니십니까?"

소장님? 그러고 보니 모자와 안경으로 얼굴을 감추긴 했어도 남자는 파출소장님이 분명했다. 그 사실을 깨닫자 갑자기 가슴이 철렁 내려앉았다. 아빠를 염탐하러 온 게 확실하다!

"사람을 잘못 본 것 같습니다."

파출소장님은 백부 반대편으로 얼굴을 돌렸다.

"변장까지 하고 오시다니, 이게 그렇게 부끄러우십니까?"

성인용 기저귀를 들어보이며 백부가 묻자 파출소장님은 버럭 소리쳤다.

"아, 아니라고요!"

"소장님, 전립선 장애는 중년 남성의 흔한 질병입니다. 감출 필요가 없습니다."

"내 전립선 멀쩡해요!"

백부와 아빠는 불쌍한 듯 파출소장님을 쳐다보았다. 잠깐 고민하는 것 같더니 파출소장님은 긴 한숨을 내쉬며 모자와 안경을 벗었다. 그러고는 아빠를 향해 입을 열었다.

"장사는 잘 되십니까?"

"뭐, 그럭저럭 꾸려가고 있습니다."

"이 동네에 이사 오신 지 오륙 년 되셨죠?"

"네, 그 정도 됐습니다."

"듣자하니, 철학과를 나오셨다구요?"

나는 언젠가 엄마에게서 아빠의 대학 학과에 대해 들은 기억을 떠올렸다. 그때 엄마는 철학과에서 배우는 게 뭐냐는 내 질문에 '순 씨잘데기없는 거'라고 대답했다.

"에…… 마르크스는 종교란 인민의 아편이라고 했죠."

파출소장님의 뜬금없는 말에 아빠는 약간 멍한 얼굴이 되었다.

"모든 사회 역사는 계급투쟁의 역사다, 라고도 했고요."

아빠의 표정을 살피다가 파출소장님은 한차례 큰 헛기침을 하고서 다시 입술을 열었다.

"뭐, 그건 그렇고…… 사회에 불만이 아주 많으시죠?"

"불만이라 하심은……."

"거, 철학적인 관점으로다가 정치나 경제가 불합리하고 부조리하게 느껴지지 않느냐, 이 말입니다."

"……."

아빠의 침묵을 인정하는 걸로 여겼는지 파출소장님은 입꼬리를 끌어올리며 미소를 지었다.

"그리고…… 듣자하니 요즘 부부 사이가 무척 나쁘다고 하더군요?"

갑자기 아빠가 버럭 소리를 질렀다.

"아니, 지금 무슨 말을 하시는 거예요! 남의 부부 사이를 논하는 이유가 뭡니까!"

"사회에 대한 불만과 억눌린 성적 욕망을 바바리맨 행각으로 풀지 않았냐는 겁니다!"

억눌린 성적 욕망! 파출소장님이 핵심을 찔렀다는 생각에 온몸이 굳어졌다. 아빠를 보니 얼굴이 하얗게 질려 있었다.

"아니, 무슨 근거로 그런 말씀을 하시는 겁니까. 우리 동생은 절대 그런 사람이 아닙니다."

백부가 나서자 소장님은 콧방귀를 꼈다.

"흥, 대학생 때 데모 경력도 있었어요!"

"데모랑 이게 무슨 상관입니까. 물증을 대셔야죠."

"물증이요? 좋습니다. 잠깐만 기다리세요."

파출소장님이 밖으로 나가자 슈퍼 안에는 팽팽한 긴장감이 흘렀다. 누구 하나 입을 열지 않았다. 나는 떨리는 마음으로 생각에 잠겼다. 도대체 파출소장님이 들이밀 물증이 뭘까……?

십 분 정도 흘러 파출소장님이 최 순경과 함께 나타났다. 최 순경의 품에 안겨 있는 개를 본 나는 헉, 소리를 내뱉었다. 얼마 전부터 보이지 않아 또다시 가출한 줄로 알았던 동팔이였던 거다.

"우리 경찰은, 그동안 극비 TF 팀을 가동해 바바리맨 검거에 총력을 기울여왔습니다. 그러다가 일부 탈선 학생들이 만든 바바리맨 팬카페의 인증샷을 주목하게 됐죠. 거기에는 개 한 마리가 수차례 등장했습니다. 국과수 조사 결과, 그 개는 바바리맨의 애완견일 확률이 매우 높았죠."

나는 아, 하고 소리를 냈다. 그 팬카페가 언제 한번 사고 터트릴 줄 알았다!

"우리 경찰은, 전문적이고 치밀한 과학수사 끝에 여기 슈퍼 집에서 그 개를 키운다는 사실을 밝혀낼 수 있었습니다. 그렇다면 이곳에 범인이 있다는 결론이 나오는데…… 용의자로 지목할 수 있는 성인 남성은 두 명! 슈퍼 사장인 소만식 씨와 그 동생인 소동식 씨였습니다."

누군가의 목에서 꿀꺽, 침 넘어가는 소리가 들려왔다.

"우리 경찰은, 용의자들을 밀착 감시하였습니다. 그 결과, 소동식 씨는 바바리맨 출몰 시간에 대부분 학원에 가 있었습니다. 알리바이가 있는 셈이죠. 따라서 남은 사람은 한 명, 소만식 씨입니다. 조사를 해보니 경력도 딱 들어맞더군요."

파출소장님은 날카로운 눈으로 아빠를 쳐다보았다.

"이래도 발뺌하시겠습니까!"

"잠깐!"

백부가 갑자기 크게 소리쳤다. 모든 사람이 그를 주목했다.

"원래 떠돌이였던 그 개는 안면이 있는 동네 사람이면 누구라도 잘 따릅니다. 그러므로 사진에 찍힌 것을 증거로 삼기에는 무리가 많습니다. 한번 보십시오."

백부는 자리에 쪼그려 앉아 동팔이를 불렀다. 최순경이 바닥에 내려놓자 동팔이는 꼬리를 치며 백부에게 다가갔다.

"어때요? 제 말도 잘 듣지요?"

당황한 채 서 있다가 파출소장님은 아빠를 쏘아보며 말했다.

"흥, 여기서 소만식 씨의 진실을 알아보면 되겠죠."

파출소장님은 최순경을 돌아보았다.

"야, 얼른 거짓말 탐지기 가져와!"

"저희에게 거짓말 탐지기가 어딨습니까? 그건 본서에서 검사관 입회하에……."

파출소장님은 끙, 하고 앓는 소리를 냈다. 그러고는 분하다는 듯 아빠를 오랫동안 째려본 뒤에 거친 동작으로 슈퍼를 나갔다. 나는 일단 위기를 벗어났다는 사실에 한시름 놓았다. 하지만 그렇다고 완전히 불안감이 가신 것은 아니었다. 파출소장님이 그대로 포기하고 물러설 것 같지 않았던 거다.

"괜찮나?"

백부는 그때껏 딱딱하게 굳어 있는 아빠를 툭 쳤다. 아빠가 애써 미소를 지어 보이자 백부는 얼마 전에 파출소로 서장님이 찾아왔던 일을 들려주며 이렇게 말을 보탰다.

"아마, 소장님이 진급에 욕심이 났던 모양이야. 신경 쓰지 말게."

백부가 그만 가보겠다며 슈퍼를 나서자 나는 은근슬쩍 그를 따라나섰다. 그런 다음 백부 옆에서 한동안 조용히 걷다가 조심스레 입을 열었다.

"이대로 괜찮을까요? 파출소장님이 마음에 걸려요."

"너무 겁먹을 필요 없어. 확실한 증거가 없는 이상, 쉽게 잡아들이지는 못할 게야."

걱정에 휩싸인 채로 한숨을 내쉬려니, 길가 전봇대에 붙은 전단이 눈에 들어왔다. 새로 생긴 카바레를 광고하는 것이었다. 문득 나후나 아저씨를 떠올린 나는 백부에게 물었다.

"나후나 아저씨는 지금 뭐하세요? 듣기로는 가수 그만뒀다고 하던데……"

"장사 시작했어."

"장사요? 무슨 장사요?"

백부는 나를 지그시 쳐다보다가 "한번 가볼 테냐?"라고 물었다. 나는 열렬히 고개를 끄덕였다. 그러자 백부는 내 손을 잡고서 시내 쪽으로 방향을 잡아 걷기 시작했다. 말없이 걸음만 떼는 백부를 보며 나는 나후나 아저씨가 무슨 장사를 할지 상상해보려고 했다. 하지만 도무지 아무것도 떠올릴 수 없었다.

마침내 우리가 도착한 곳은 백화점 앞 사거리였다. 수많은 사람이 오가는 그곳에서 백부는 제자리에 멈춰 선 채 한 곳을 응시하였다. 그 시선을 따라가보니 거리 구석에서 과일 좌판을 하는 남자가 보였는데, 한참 뒤에야 나는 낡은 야구 모자를 푹 눌러쓰고 목에 수건을 두른 그가 나후나 아저씨라는 걸 눈치챌 수 있었다. 나후나 아저씨를 바라보는 백부의 얼굴에 안타까운 감정이 스쳤다. 나 역시도 기분이 짠해졌다. 우리는 천천히 나후나 아저씨에게 다가갔다.

"아니, 웬일로 여기까지 나오셨어요?"

나후나 아저씨는 허둥거리는 동작으로 백부를 맞았다.

"어떤가, 사장님 된 기분이?"

백부의 농담에 나후나 아저씨는 쑥스러운 듯 웃었다. 나는 좌판의 과일을 바라보았다. 사과, 감, 토마토…… 진열된 것들 모두 반질반질 윤이 났다. 나후나 아저씨는 좌판에서 사과 하나를 집어들어 자신의 옷자락에 잘 닦은 다음 내게 내밀었다.

"먹어봐. 아주 달아."

사과를 받아든 나는 한입 크게 베어 물었다. 아저씨 말대로 굉장히 달고 시원했다.

"손님은 많아요?"

내가 묻자 나후나 아저씨는 미소 지었다.

"이제 막 시작했으니까, 앞으로 자리가 잡히면 늘어나겠지."

나후나 아저씨를 향해 백부가 중얼거리듯 말했다.

"아무래도 노점상이니까 힘든 게 많을 텐데……."

"뭐, 그런 점이 없진 않죠. 단속반도 있고요. 어느 정도 장사에 익숙해지면 정식으로 점포를 낼 계획입니다."

"내가 좋은 터를 알고 있네. 자네만 괜찮다면 소개시켜주지."

"저야 당연히 좋죠!"

물끄러미 나후나 아저씨를 바라보던 나는 무대에 선 그의 모습을 한 번 보고 싶다는 바람을 가졌다. 가수로서의 아저씨가 무척 궁금했던 것이다. 하지만 그 바람은 이제 이뤄지기 힘들 터였다. 내 가슴으로 큰 아쉬움이 밀려왔다.

백부와 나는 한동안 나후나 아저씨와 대화를 나누다가 손님이 찾아오자 그곳을 떠났다. 왔던 길을 되짚어가며 나는 오로지 땅바닥에만 시선을 던져두었다. 그런 나를 유심히 보더니 백부가 물었다.

"왜 시무룩해 있냐?"

"나후나 아저씨는 가수 시절이 그립겠죠?"

"그렇겠지……."

"나후나 아저씨가 너무 안돼 보여요."

"그렇게 볼 거 없다. 그 사람은 가수라는 직업보다 자기 자식이 소중한 거뿐이야."

동네에 도착해 백부와 헤어진 다음 혼자 집으로 걸어가다가 나는 불이 켜진 파출소 앞에서 멈춰 섰다. 귀를 기울여보니 희미하게 말소리가 들려왔다. 잠시 고민한 뒤에 나는 파출소 출입문을 밀었다. 그러자 화이트보드판 앞에 서서 순경들에게 뭔가 열심히 설명하는 파출소장님이 눈에 들어왔다. 표정이 엄청 진지했다.

"오늘부터 '플랜B'를 시작한다!"

파출소장님이 다시 입을 열 찰나, 갑자기 사마귀 최 순경이 자리에서 벌떡 일어났다. 씩씩거리며 숨을 고르고서 그는 흥분한 목소리로 말했다.

"저, 그 역할 못 하겠습니다!"

파출소장님은 다 이해한다는 표정을 지어보였다.

"알아, 네 마음. 하지만 너밖에 없어. 내 진급을…… 아, 아니 그게 아니라 조국을 위해 희생한다고 생각해."

"그래도 도저히 못 하겠어요!"

최 순경은 그대로 파출소를 뛰쳐나갔다. 안타까운 눈길로 그를 쫓다가 뒤편에 서 있는 나를 본 파출소장님이 소리를 질렀다.

"너, 너 이 자식! 언제부터 거기 있었던 거야?"

"저요? 조금 전이요."

"당장 나가! 너는 오늘부터 출입금지야."

"네?"

"잔말 말고 어서 나가!"

파출소장님은 나를 파출소 밖으로 끌어냈다. 볼멘소리로 이유라도 설명해달라고 하자 그는 내가 일급 경계 대상이라고만 대꾸

했다. 파출소 앞에 우두커니 선 채 나는 플랜B에 대한 궁금증에
사로잡혔다.

　'그게 뭘까? 혹시 바바리맨과 관련된 걸까…….'

가면 뒤의 얼굴

1

철거반 대장이 다시 오겠다고 한 날은 놀토였다. 전날부터 미정이 누나 걱정에 휩싸였던 나는 늦은 아침을 먹은 뒤 집을 나서다가 나를 부르는 엄마 목소리를 들었다. 엄마는 미소 지은 얼굴로 내게 물었다.

"나에게 할 말 없어?"

"할 말?"

"학원에서 전화 왔었어. 이번 연극에서 주인공 맡았다며?"

"뭐, 별거 아니야."

"별거 아니긴, 처음으로 주인공 해보는 거잖아. 연극 제목이 뭐야?"

"노트르담의 꼽추."

"꼽추? 내용이 뭔데?"

내게서 줄거리를 들은 엄마는 찜찜한 표정으로 '뭐, 어쨌든 주인공이긴 하니까⋯⋯.'라고 중얼거렸다. 그러고는 나를 붙잡고서 내 분량은 얼마나 되는지, 연습은 충분히 했는지, 상대역 애는 누군지 꼬치꼬치 물어댔다. 윗동네 때문에 조급한 마음을 애써 억누르고서 나는 엄마를 상대했다.

한참 뒤 겨우 엄마에게서 풀려나 밖으로 나가던 나는 슈퍼 매장에서 멈춰 섰다. 카운터가 텅 비어 있었던 거다. 혹시나 싶어 집 뒤편으로 가보니 바바리맨으로 변신한 아빠가 막 언덕길을 내려가고 있었다. 야구 모자로 얼굴을 가린 아빠는 코트 자락을 여며 쥔 채 빠르게 걸음을 옮겼다. 파출소장님이 잔뜩 벼르고 있는 탓에 걱정이 된 나는 윗동네 일도 잊고서 바바리맨을 쫓았다.

큰 거리에 이르자 바바리맨은 주차된 트럭에 숨은 뒤 가면을 썼다. 미처 얼굴은 보이지 않았지만 나는 그가 다른 때보다 설레는 표정일 거라고 짐작했다. 왜냐면 아주 오랜만의 출동이었기 때문이다. 지금쯤 변태 에너지가 완전히 바닥일 터였다. 그러나 어쩐 일인지 오늘따라 적당한 대상이 나타나지 않았다. 행인들이 죄다 아저씨와 아줌마뿐이었다.

지루하게 시간을 보내다가 불현듯 시인 아줌마의 말을 떠올린 나는 바바리맨을 바라보며 생각에 잠겨들었다.

히어로란 뭘까.

가짜와 진짜의 차이는 뭘까.

진짜라는 건 뭘까.

어쩌면 바바리맨을 히어로라고 할 수도 있을까······. 끝없이 이어지는 의문으로 머리가 아파올 때 거리 저편에 교복 차림의 여고생이 나타났다. 얼굴에 커튼처럼 머리카락이 드리워져 있었고, 운동부가 아닌지 의심될 정도로 체격이 좋았다. 그 누나가 바로 앞에 다가오자 바바리맨은 튀어나가 코트를 펼쳤다. 그런데 여고생의 반응이 아주 이상했다. 비명을 지르지도 않았고 도망가지도 않았다. 그렇다고 환호성을 내지르거나 사인을 해달라고 하지도 않았다. 그 누나는 그저 고개를 숙인 채 가만히 서 있을 뿐이었다.

'왜 저러지?'

묘한 분위기에 긴장할 참이었다. 여고생이 갑자기 고개를 쳐든 다음 자신의 머리카락을 움켜쥐고서 확 잡아당겼다. 그러자 다음 순간 머리가 홀러덩 벗겨지며 감춰졌던 얼굴이 드러났다. 짙은 일자 눈썹, 두드러진 광대뼈, 툭 튀어나온 뻐드렁니······ 여고생은 최순경이었다.

"으악!"

바바리맨은 비명을 내지르며 뒷걸음질 쳤다. 그리고 그와 동시에 거리 뒤편에서 파출소장님이 나타났다. 그 곁에는 곤봉을 든

순경들이 서 있었다.

"동현이 아버님. 게임은 끝났습니다. 이제 모든 걸 내려놓고 정의의 심판을 받으십시오."

파출소장님의 말을 들은 나는 그제야 덫에 걸렸다는 걸 깨달았다. 바바리맨도 나와 마찬가지였는지 급하게 줄행랑치기 시작했다.

"거기 서세요!"

파출소장님과 순경들이 바바리맨을 쫓았다. 나도 그들을 따라 내달렸다. 막상 그동안 두려워했던 일이 눈앞에 펼쳐지자 어떻게 해야 할지 몰랐다. 달음박질을 하는 내 머릿속에는 온갖 상상이 떠다녔다. 손가락질을 받는 아빠, 죄수복을 입은 아빠, 교도소에 갇힌 아빠……

우연하게도 바바리맨이 도망친 방향은 윗동네였다. 그곳에 다다라 다리에 힘이 빠진 나는 멈춰 서서 숨을 골랐다. 헉헉거리며 주위를 둘러보니 전보다 훨씬 많은 굴삭기와 철거반원이 눈에 들어왔다. 가슴이 쿵 내려앉았다.

마을 한쪽에 모여 있는 주민들 중에는 미정이 누나도 섞여 있었다. 금방이라도 울음을 터트릴 것 같은 얼굴이었다. 나는 천천히 그쪽으로 걸어갔다.

"누나……"

나를 본 누나는 덤덤한 척 말했다.

"괜찮아. 이미 각오한 일이니까."

내가 계속 쳐다보자 누나는 미소를 지어보였다.

"벌써 집 안 물건도 여관방으로 옮겨놨어."

굴삭기의 커다란 손은 거침이 없었다. 그것이 지나간 자리마다 벽돌 부스러기와 흙먼지가 흩날렸다. 주민들은 입을 다문 채 눈앞의 광경을 건너다보았다. 커다란 슬픔이 번져 있는 그 얼굴들을 보며 나는 이전에 누나가 한 말을 떠올렸다. 주민들이 이곳을 지키는 게 단순히 돈이 없고 갈 데가 없기 때문이 아니라는, 여기에는 그들의 눈물과 땀, 젊음이 녹아 있다는…….

얼마간 시간이 흐르자 마침내 굴삭기가 누나네 집까지 다가갔다. 누나는 차마 자신의 집이 부서지는 모습을 볼 수 없는지 고개를 돌려 버렸다. 나 역시 두 눈을 꾹 감았다.

"저기 좀 봐!"

"저 사람 뭐야?"

"왜 저래?"

쾅쾅, 하는 굉음이 몇 차례 지나간 뒤였다. 갑자기 주위에서 웅성대기 시작했다. 조심스레 눈을 뜨고서 사람들이 쳐다보는 방향으로 고개를 튼 나는 크게 놀라지 않을 수 없었다. 건너편 아파트 단지에 솟은 굴뚝이 보였는데, 그 꼭대기 난간에 누군가 서 있었던 거다. 가면을 쓰고 코트 자락을 휘날리며 서 있는 사람…… 바바리맨이었다.

놀라기는 미정이 누나도 똑같았다. 떨리는 목소리로 누나는 중얼거렸다.

"도대체 바바리맨이 저기 왜 있는 거지……."

파출소장님에게 쫓기다가 저렇게 됐을까? 바바리맨이 너무 위험하고 위태로워보여 나는 잔뜩 겁을 집어먹었다. 그런 내 상태를 알아챈 누나가 손을 꽉 잡아주었다.

이상한 고요 속에서 철거반원과 주민들 모두 동작을 멈추고 굴뚝을 올려다보았다. 누구 하나 입을 열지 않았다. 마치 시간이 정지한 것 같았다. 나는 바바리맨을 보며 마음으로 말했다.

'거긴 왜 올라간 거야. 빨리 내려와, 아빠!'

이윽고 다시 굴삭기가 작업을 시작할 찰나였다. 철거반원 대장이 다급하게 그 앞을 막아섰다.

"함부로 움직이지 마!"

굴삭기 기사가 의아한 얼굴로 쳐다보자 대장은 바바리맨을 가리켰다.

"저 자식, 뛰어내릴지도 몰라."

나와 미정이 누나는 어리둥절한 표정으로 얼굴을 마주보았다. 일이 야릇하게 흘러가는 느낌이었다. 대장은 불안한 듯 굴삭기 앞을 서성이다가 휴대폰을 꺼내들었다.

"저 사람이 왜 저러는 걸까요?"

대장을 가리키며 내가 묻자 미정이 누나는 작은 목소리로 대답했다.

"확실치는 않지만, 바바리맨을 주민들 중에 한 명이라고 생각하는 것 같아."

전화 통화를 마친 대장은 담배를 피우며 뭔가 심각하게 고민했다. 그러는 중에 욕설이 섞인 혼잣말을 하는가 하면, 큰 한숨을 내뱉기도 했다. 철거반원들 전부 그런 대장을 쳐다보고 있었다.

"오늘은 이만 철수하고 나중에 다시 오도록 한다."

한참의 침묵 뒤에 대장이 맥빠진 표정으로 말하자 철거반원은 물론이고 주민들도 당황한 표정을 지었다. 미정이 누나 역시도 기뻐해야 할지 어째야 할지 모르겠다는 듯 두 눈만 멀뚱거렸다.

"뭣들해, 내 말 못 들었어!"

대장이 재촉하자 철거반원들은 주섬주섬 장비를 챙기기 시작했다. 굴삭기도 미정이 누나 집에서 물러났다.

"누나, 다행이에요."

내 말을 들은 누나는 뭐가 뭔지 모르겠다는 표정으로 "어……." 라고 단음을 길게 늘어뜨렸다. 누나의 얼굴을 바라보다가 퍼뜩 바바리맨을 떠올린 나는 아파트 단지의 굴뚝을 향해 내달렸다.

현장에 도착해보니 그곳은 구경꾼들로 북적이고 있었다. 몇몇은 휴대폰을 꺼내들어 바바리맨의 사진을 찍어댔다. 나는 어찌할 바를 모른 채 우두커니 서서 굴뚝 위를 바라보았다.

"동현이 아버님, 이제 그만합시다!"

파출소장님이 빨간 확성기를 입에 대고서 바바리맨을 향해 외쳤다.

"지금 내려오시면 최대한 선처하겠습니다! 얼른 내려오세요!"

바바리맨은 움직임 없이 이쪽을 내려다보기만 할 뿐이었다. 답답한 마음이 든 나는 사람들을 헤치고 굴뚝으로 바짝 다가갔다. 그러자 나를 발견한 파출소장님이 기쁜 얼굴을 지어보였다.

"너 마침 잘 왔다!"

파출소장님은 내 손을 잡아끌어 자신의 옆에 세웠다.

"어서 아빠한테 집에 가자고 말해."

파출소장님이 확성기를 내 얼굴에 갖다 댔지만 나는 어떡할지 몰랐다. 시키는 대로 하자니 왠지 속는 기분이었다.

"저러고 있다가는 네 아빠 뛰어내릴지도 몰라!"

그 말을 듣자 더럭 겁이 났다. 나는 확성기에 입을 대고 울먹이며 말했다.

"아빠, 거기서 뭐하는 거야!"

이번에는 바바리맨에게 반응이 있었다. 눈에 띄게 당황한 몸짓을 보였던 거다. 신이 난 파출소장님은 계속 하라며 나를 다그쳤다. 나는 마지못해 다시 한 번 크게 소리쳤다.

"얼른 내려와! 나랑 집에 가자!"

얼마간 시간이 흐르자 바바리맨은 사다리를 타고 굴뚝을 내려오기 시작했다. 파출소장님은 얼굴 가득 득의양양한 표정을 지었다.

"휴…… 이제야 끝났구먼."

마침내 바바리맨이 땅에 발을 내딛은 순간, 나는 파출소장님의 옷소매를 꽉 붙잡은 채 소리쳤다.

"아빠, 여기는 내가 막을 테니까 어서 도망가!"

내 말을 듣고서도 바바리맨은 가만히 서 있기만 했다.

"뭐하는 거야, 도망가라고!"

바바리맨은 쪼그려 앉아 나와 눈높이를 맞추었다. 그러고 나서 내 양어깨에 손을 올려놓은 뒤 괜찮다는 듯 천천히 고개를 끄덕였다.

"아빠……."

몸을 일으킨 바바리맨은 아주 느린 동작으로 가면을 벗기 시작했다. 구경꾼들은 숨을 죽인 채 그를 지켜보았다. 차마 아빠의 얼굴을 볼 수 없던 나는 고개를 푹 숙였다.

잠시 뒤 왠지 주위가 너무 조용하다 싶어 나는 얼굴을 들었다. 그러자 어리둥절한 채로 서 있는 파출소장님과 순경들이 눈에 들어왔다. 이유를 궁금해하며 바바리맨을 쳐다본 나는 당황하지 않을 수 없었다. 가면 뒤의 얼굴은…… 삼촌이었다.

2

"서장님, 제가 해냈습니다! 혼신의 힘을 바쳐 추적한 끝에 결국 바바리맨을 검거했습니다!"

수화기를 귀에 댄 채 파출소장님은 옷소매로 눈물을 닦았다.

"참으로 고달프고 힘든 여정이었습니다. 한때는 목숨이 위태로운 순간까지 있었으나, 오매불망 서장님을 그리며 불철주야 뛰어다녀……."

한참 씨잘데기없는 소리를 늘어놓다가 파출소장님은 갑자기 힘이 들어간 목소리로 말했다.

"넵! 바로 이송하겠습니다."

전화를 끊은 파출소장님은 토라진 얼굴로 구시렁거렸다.

"참 나, 칭찬 좀 해주면 어디가 덧나? 꼭 그렇게 사람 말을 엿가락마냥 싹둑 잘라먹어야 해?"

파출소장님을 쳐다보며 서 있던 아빠가 조심스럽게 입술을 열었다.

"이송이라니, 그게 무슨 뜻입니까?"

"민감한 사회적 이슈와 깊이 연관된 만큼, 소동식 씨는 본서로 옮겨져 배후에 누가 있는지, 누구의 사주를 받았는지 철저한 조사를 받게 될 겁니다. 쉽게 말해 동생 분은 공안사범, 정치범 이런 거다 이 말씀입니다."

빠르게 표정이 굳어지더니 아빠는 파출소 구석에 있는 삼촌을 쳐다보았다. 그러고는 파출소장님을 향해 허리를 깊숙이 수그렸다.

"소장님, 아무래도 범인을 잘못 잡으신 것 같습니다. 저기 앉아 있는 놈은 진범이 아닙니다."

파출소장님은 그게 무슨 헛소리냐는 표정을 지어보였다.

"진짜 바바리맨은…… 바로 접니다."

나는 이마에 손을 짚은 채 눈을 감았다. 결국 이렇게 되는구먼…….

"뭐라고요? 지금 무슨 말을 하는 겁니까?"

파출소장님이 진지한 어투로 말한 순간이었다. 자리에서 벌떡 일어난 삼촌이 아빠에게 소리쳤다.

"형, 그럴 필요 없어! 내가 한 일이니까 당연히 내가 책임을 져야지!"

나는 아빠를 향한 삼촌의 눈빛에 담긴 어떤 단호함, 혹은 간절함을 읽었다. 내가 본 것이 맞는지 두 눈동자가 심하게 흔들리던 아빠는 더 이상 아무 말도 꺼내지 않았다.

파출소장님은 아빠의 한쪽 어깨를 툭툭 두드렸다.

"동생을 위한 마음은 잘 알겠습니다만, 그래도 이러시면 안 됩니다. 뭐, 저도 처음에는 범인으로 소만식 씨를 의심했던 게 사실입니다. 그런데 막상 잡고 보니 동생 분이라서 얼마나 놀랐는지 모릅니다."

잠깐 말을 끊고서 생각에 잠긴 듯하다가 파출소장님은 삼촌을 바라보며 물었다.

"그러고 보니 조금 이상하군요. 소동식 씨는 바바리맨 출몰 시간에 학원에 있는 경우가 많았는데, 그건 어떻게 된 건가요?"

파출소장님의 눈이 일순간 날카롭게 빛났다. 약간 당황하다가 삼촌은 머뭇머뭇 대답했다.

"그, 그건 학원 수업 중에 몰래 빠져나왔기 때문입니다."

"그래요? 흠…… 뭐, 그럴 수도 있겠군요."

파출소장님은 약간 꺼림칙한 표정으로 고개를 주억거렸다.

"한 번만 용서해주세요. 우리 도련님이 심성은 정말 착한 사람입니다."

그때껏 삼촌을 나무라기만 하던 엄마가 파출소장님에게 애원을 했다. 그러나 반응은 여전히 싸늘하기만 했다.

"누차 말씀드렸지만, 제 선에서 해결될 일이 아닙니다."

이윽고 삼촌이 순경들에게 양팔을 붙잡힌 채 경찰차에 올랐다. 그 와중에서도 그는 내게 웃음을 지어보였다. 경찰차가 라이트를 깜박이며 사라지자 나는 결국 울음을 터트리고 말았다. 엄마는 그런 나를 끌어당겨 조용히 품에 안아주었다.

그만 파출소를 떠나려 할 때였다. 백부와 나리 누나가 나타났다. 고개를 두리번거리며 삼촌을 찾던 그들은 묻는 눈으로 아빠를 쳐다보았다.

"이미 떠났습니다."

아빠에게서 사정을 전해 들은 백부와 나리 누나는 잔뜩 긴장했다.

"공안사범이라니, 그럼 남산으로 끌려갔단 말인가?"

백부의 물음에 아빠가 고개를 저었다.

"거기 안기부 건물은 오래전에 없어졌잖아요. 그냥 본서에서 조사를 받게 될 것 같습니다."

나리 누나는 금방이라도 눈물을 뚝뚝 흘릴 것 같은 표정을 지었다.

"내가 정말 못 살아. 하다 하다 이젠 별짓을 다하네!"

엄마가 나리 누나를 다독이고 있으려니, 출입문이 열리며 한 떼의 기자들이 나타났다.

"바바리맨 잡혔다면서요?"

"누굽니까, 바바리맨이."

"범인 정체가 뭐예요?"

삼촌이 없다는 걸 알고서 기자들은 굉장히 허탈해했다. 그러다가 꿩 대신 닭이라고 생각한 듯 우리에게 달려들어 삼촌에 대한 질문을—평소에 사회 문제에 관심이 많았는지, 정치적 성향이 어떤지, 바바리맨 행동이 뚜렷한 목적 하에 이루어졌는지—퍼부어댔다. 그러나 우리 중 누구도 입을 열지 않았다.

파출소를 나선 뒤, 엄마는 동네를 돌아다니며 주민들에게 일수

납입금 연장을 조건으로 삼촌에 대한 용서를 구했고, 아빠는 통
장님을 쫓아다니며 도움을 청했다. 그러나 사람들은 차갑게 외면
했다.

"죄를 지었으면 당연히 벌을 받아야죠."

"이참에 따끔하게 버릇을 고치세요!"

"그게 내 마음대로 되나요. 법이 심판할 일이죠."

저녁에 집으로 돌아온 아빠와 엄마는 평소와 다름없이 밥을 먹
고 일일드라마를 본 뒤에 잠자리에 들었다. 그러나 그 얼굴을 보
면 누구라도 기분이 몹시 좋지 않다는 걸 알 수 있었다.

잠들기 전 나는 삼촌 방에 들어가 보았다. 지금껏 지저분하고 악
취 풍기는 곳으로 여겼던 그 공간이 너무나 애틋하게 다가왔다.
삼촌은 지금 뭘 하고 있을까……. 삼촌을 그리며 방안을 서성이던
나는 컴퓨터 앞에 앉았다. 바바리맨으로 잡히면 몇 년이나 감방에
있는지 알아보기 위해서였는데, 검색을 한 지 얼마 지나지 않아
뜻밖의 뉴스 기사를 발견하게 되었다.

무언의 외침

최근 재개발 문제로 진통을 겪고 있는 S시 용두동. 그곳에 몇 달
전부터 가이 포크스 가면을 쓴 바바리맨이 출몰하고 있다. 그런데
바바리맨은 겉모습만큼이나 행동이 특이하다. 어려운 형편의 주민
들을 돕기도 하고 치한에게서 여학생을 구하기도 하는 것이다. 이

런 점이 화제가 되어 그는 매스컴을 타기도 한다.

바로 오늘(17일), 용역 업체가 강제 철거를 진행하는 용두동에 또다시 그 이상한 바바리맨이 나타났다. 그는 현장에서 가까운 곳에 있는 아파트 단지의 난방 굴뚝에 올라 이목을 집중시켰다. 백 미터 높이의 굴뚝 꼭대기에서 바바리맨은 강제 철거 광경을 지켜보며 오래도록 서 있었다고 한다. 그렇다면 바바리맨은 어째서 굴뚝에 올랐을까. 사실 이 의문의 답은 몇 가지 사실만 추리하면 너무나 간단하게 알 수 있다.

첫째는 바바리맨이 쓴 가이 포크스 가면이다. '가이 포크스'는 중세 영국 사람의 이름으로, 그는 종교 탄압을 일삼던 국왕을 암살하려고 하다가 실패해 사형을 당했다. 그 후 가이 포크스는 정의와 저항의 상징이 되었으며, 국민들은 그가 죽은 11월 5일을 '가이 포크스 데이'로 정하고 기념하기 시작했다. 그리고 현재에 이르러서는 사회 정의를 주장하는 집회나 시위에서 많은 사람이 상징적 의미로 가이 포크스 가면을 착용하게 되었다.

두 번째는 바바리맨이 올라간 굴뚝이란 장소다. 고공 농성은 노동자들에게 억울함을 호소하는 마지막 방법이다. 법도, 그 무엇도 통하지 않을 때 그들은 높은 곳에 올라 자신의 목숨을 담보로 세상을 향해 하소연을 한다. 우리나라 최초로 고공 농성을 한 사람은 '강주룡'이란 이름의 여성이다. 1931년, 고무공장에서 혹독한 노동 착취에 시달리던 그녀는 회사가 임금을 깎겠다고 하자 홀로 건물

지붕에 올라 시위를 했다. 그 뒤로 이 땅의 많은 노동자가 크레인이
나 옥상에 올랐고, 지금도 그런 일들이 어디선가 벌어지고 있다.

　이로써 바바리맨의 행동에 대한 의문은 풀린 듯하다. 이제 곧 겨
울이다. 강제 철거로 보금자리를 잃은 주민들은 살을 에는 칼바람
속에 거리를 헤맬지도 모른다. 부디 바바리맨이 가이 포크스 가면
을 쓰고 굴뚝에 올라 우리에게 외친 메시지가 공허한 울림으로 끝
나지 않길 바란다.

　나로서는 뉴스 내용을 정확히 이해할 수 없었으나, 아빠가 바바
리맨 출동 때 썼던 가면으로 인해 뭔가 사건이 커지고 있는 점만
은 느낄 수 있었다. 이건 또 무슨 일일까. 앞으로 삼촌은 어떻게 될
까. 모니터 화면에 시선을 박아둔 채로 나는 한동안 멍하게 앉아
있었다.

가이 포크스들

1

학원에서는 며칠 남지 않은 공연을 앞두고 막바지 연습에 몰두했다. 이제는 아이들 모두 제 역할에 익숙해져서 매끄럽게 극이 이어졌다. 나 역시 카지모도가 몸에 꼭 맞는 옷처럼 편안하게 여겨졌다. 우리들을 바라보는 브랜든의 얼굴에는 뿌듯한 감정이 번졌다.

"아주 좋아요. 공연 때도 지금처럼만 하면 돼요."

브랜든이 잠깐 쉰다고 하자 나는 혼자 조용히 야외 휴게실로 갔다. 그런 다음 먼 하늘을 보며 경찰서에 있는 삼촌을 떠올렸다. 그러자 지난밤에 낯선 이불의 촉감 속에서 그가 잠을 설쳤을 거라는 생각이 들었다.

나는 새삼 삼촌이 내게 얼마나 소중한지 깨달았다. 그는 내게 단순한 의미의 삼촌이 아니었다. 고민을 털어놓는 듬직한 형이었고, 카트라이더 드리프트 기술과 유해 차단 사이트 우회 접속법을 가르쳐준 유능한 스승이었으며, 때로는 치킨 조각을 두고 다투는 친구이기도 했다. 삼촌과 보낸 지난 시간을 더듬다가 나는 아랫입술을 꽉 깨물며 울음을 삼켰다.

학원을 마치고서 동네에 도착했을 때 '용두동 재개발 추진위원회' 사인방이 눈에 들어왔다. 그 아저씨들은 싱글벙글한 얼굴을 한 채 윗동네 방향으로 걸어가고 있었다. "오늘은 결판이 나겠죠?" "그럼요, 벌써 이게 몇 번째입니까." "제발 이번에는 마무리가 됐으면 좋겠네요."

'설마……'

윗동네로 달려가보니 철거 작업이 시작되기 직전이었다. 굴삭기에 시동이 걸려 있었고 철거반원들도 곧장 튀어나갈 준비를 하고 있었다. 동네 한쪽에 주민들이 모여 있었는데, 아직 학교에 있는지 미정이 누나는 보이지 않았다.

이번에는 정말로 끝이었다. 나는 이마에 손을 짚으며 미정이 누나 집을 쳐다보았다. 초라하고 볼품없지만 누나 가족을 따뜻하게 품어준 집, 두 다리 뻗고 편히 쉴 수 있게 해준 집은 이제 없어지는 걸까.

"뭘 그렇게 보냐."

어느새 백부가 다가와 곁에 서 있었다. 그의 얼굴을 바라보다가 나는 미정이 누나 이야기를 털어놓기 시작했다. 한참 뒤 내 말을 전부 들은 백부는 쓸쓸한 표정으로 대꾸했다.

"어디, 안타깝고 딱한 사정이 갤뿐이겠니."

이윽고 익숙한 얼굴의 철거반 대장이 손짓을 하자 굴삭기가 움직이기 시작했다. 그리고 곧이어 쾅쾅거리는 마찰음이 울리며 흙먼지가 공중에 흩날렸다. 나는 백부의 옷자락을 꽉 붙잡았다. 눈앞의 집들이 사라지는 모습이 도저히 믿기지 않았다. 정말이지 순식간에 서너 채의 집이 무너져 버렸다.

"아······."

이상한 일이었다. 누가 우리 좀 도와줬으면 하는 바람을 가지다가 나는 바바리맨을 떠올렸다. 우연이든 아니든, 지금껏 도움이 필요한 많은 순간들에 그가 모습을 드러냈던 것이다. 그러나 이제는 그럴 수 없다는 걸 나는 잘 알고 있었다.

"저건 또 뭐야?"

백부의 목소리에 고개를 돌렸을 때, 나는 멍해지고 말았다. 내 소망대로 바바리맨이 등장했던 거다.

'설마······.'

처음에 나는 아빠 줄 알았다. 그러나 곧 그 바바리맨이 조금 이상하다는 걸 눈치챌 수 있었다. 가이 포크스 가면은 썼지만 바바리코트는 입고 있지 않았던 거다. 게다가 그는 혼자가 아니었다.

잠시 뒤 그와 똑같은 가이 포크스 가면을 쓴 수십 명의 사람이 나타났다. 그들은 천천히 우리를 지나쳐 주민들 쪽으로 가서 섰다. 나와 백부는 얼빠진 얼굴로 복제 인간 같은 그들을 쳐다보았다.

"도대체 저 인간들은 정체가 뭐야?"

백부가 중얼거리자 나는 작은 목소리로 대꾸했다.

"분위기로 보면 왠지 나쁜 편은 아닌 것 같은데요?"

"욘석아, 네가 그걸 어떻게 알아."

"원래 저 가면이 말이죠……."

내가 가이 포크스 가면의 유래에 대해 설명하려는 순간이었다. 이번에는 기자들이 들이닥쳤다. 그러자 철거반 대장이 대번에 험악한 표정을 지었다. 누가 봐도 엄청나게 화난 상태라는 걸 알 수 있었다.

가면을 쓴 사람들 중에서 한 명이 앞으로 걸어나왔다. 그는 철거 반원들을 향해 소리쳤다.

"우리는 주민들을 무시하고 행해지는 무자비한 강제 철거에 반대합니다!"

뜻밖에도 여자 목소리였는데, 어쩐지 내게 굉장히 익숙했다.

'내가 아는 사람인가?'

여자는 주먹 쥔 손을 치켜들며 "강제 철거, 당장 중지하라!"고 외쳤다. 이어서 가면 쓴 사람들이 구호를 따라했고, 기자들은 부지런히 움직이며 여기저기 사진을 찍어댔다. 철거반원들은 어찌할 바를 모르며 모두 하던 일을 멈췄다.

"뭣들 해! 하던 거 계속 해!"

잔뜩 화가 난 대장이 소리쳤지만 철거반원들은 서로의 눈치를 살필 뿐 다시 움직이려 하지 않았다. 대장은 하늘을 보며 한숨을 내쉬더니 소매를 단단히 걷어붙이고서 여자에게 다가가 멱살을 잡았다.

"너희들 뭐야!"

여자의 동료들은 당장에 대장을 밀쳐내려 했고, 그 모습을 본 철거반원들도 나서면서 양쪽 간에 거친 몸싸움이 일어났다. 그렇게 한참 두 무리의 사람들이 한데 뒤엉켜 있는 중에 미정이 누나가 나타났다. 소식을 듣고 급하게 달려왔는지 얼굴이 붉게 달아올라 있었다.

"도대체 이게 어떻게 된 일이야?"

누나가 숨을 몰아쉬며 묻자 나는 최대한 자세하게 그동안의 사정을 전하려고 했지만 마음이 급해 자꾸만 말이 엉켜서 제대로 설명할 수 없었다. 내 얘기를 전부 들은 누나는 조금 미심쩍은 얼굴로 중얼거렸다.

"아주 나쁜 상황은 아닌 것 같은데……."

경찰차가 도착한 것은 몇 십 분쯤 시간이 흐른 뒤였다. 그걸 본 철거반 대장은 눈에 띄게 당황했다. 경찰까지 더해져 세 무리의 사람들은 오랫동안 이야기를 나눴다. 그러는 중에 간간이 큰 목소리와 욕설이 튀어나오기도 했다. 백부와 미정이 누나는 입을 꾹 다문 채 그 광경을 바라보았다.

한참이 지나 대화를 마친 철거반 대장은 고개를 푹 숙였다. 그런 뒤 힘없이 철수하라는 손짓을 해보였다. 그러자 철거반원들이 주춤주춤 물러나기 시작했다. 굴삭기 역시 집들에서 천천히 멀어졌다.

"다행이다!"

미정이 누나가 기쁜 얼굴로 소리쳤다. 백부의 얼굴에도 은은한 미소가 번졌다.

"어쨌든 한시름 놨구면."

우리가 한참 기뻐하고 있는데 가면을 쓴 사람들 중에서 한 명이 이쪽으로 걸어왔다. 앞장서 구호를 외치던 여자였다. 우리들 앞에 서자 그 여자는 느린 동작으로 가면을 벗었다.

"후아, 답답해서 혼났네!"

어쩐지 목소리가 익숙하다 했더니 시인 아줌마였다. 백부가 이게 어떻게 된 일이냐고 묻자 아줌마는 웃으며 대답했다.

"이곳 사정을 알게 된 뒤에 뭔가 도울 게 없을까 고민하다가 트위터에 글을 올리게 되었는데, 많은 분들이 호응을 하며 자신도 돕겠다고 하더라고요. 그런 식으로 자연스럽게 오늘 일을 계획하게 되었죠."

시인 아줌마가 설명을 마친 참이었다. 어깨에 카메라를 맨 여기자가 주춤주춤 다가오더니 아줌마의 얼굴을 뚫어지게 쳐다보았다.

"혹시…… 김현주 시인 아니세요?"

아줌마는 살짝 당황하며 고개를 끄덕였다.

"어머, 맞구나!"

여기자는 두 눈을 반짝였다.

"저, 팬이에요! 시인님이 낸 시집은 전부 갖고 있어요."

여기자는 시집들의 제목을 줄줄이 대며 그것들로 인해 자신의 힘든 시기를 견딜 수 있었다며 감사하다고 전했다. 그 모습을 대하니 시인 아줌마가 무척이나 대단하게 여겨졌다. 역시 사람은 겉모습만 보고는 모르는 거구나…….

"이런 시위를 이끄시고, 드디어 민중문학의 길로 들어서신 건가요?"

여기자가 미소 띤 얼굴로 묻자 시인 아줌마는 붉어진 얼굴로 손사래를 쳤다.

"아이, 말도 안 돼요. 민중문학은 무슨."

아줌마는 곁에 있는 나의 머리를 쓰다듬으며 조용한 목소리로 말했다.

"그저 이런 현실에 대해 보고만 있을 순 없었던 것뿐이에요. 한 명의 어른이자 사회 구성원으로서 말이지요."

2

주말인 다음날. 우리 가족은 삼촌의 상황을 알기 위해 마티즈에 몸을 싣고 시내에 있는 경찰서로 향했다. 조수석에 탄 엄마의 무릎에는 커다란 보온도시락이 올려져 있었다. 엄마가 삼촌을 위해 새벽부터 일어나 준비한 것이었다. 차창 밖 풍경을 보며 나는 앞으로 삼촌에게 펼쳐질 일들을 상상해보았다. 그러자 기분이 급격히 우울해졌다.

십오 분쯤 달려 목적지에 도착한 우리는 전부 눈이 휘둥그레졌다. 피켓을 든 여고생들이 잔뜩 모여 있었던 거다. 얼추 서른 명은 족히 넘어보였다. 차에서 내려 어리둥절한 채 서 있노라니 나리 누나가 종종걸음으로 다가왔다.

"어머, 자기 언제 왔어?"

엄마가 반색을 하며 묻자 나리 누나는 가라앉은 목소리로 대답했다.

"조금 전이요. 동식 씨가 걱정돼서 견딜 수 없더라고요."

"그래, 안에는 들어가 봤어?"

"아니요. 경찰서라서 괜히 겁나서……"

"죄진 것도 없는데 겁날 게 뭐 있어."

나리 누나는 힘없이 웃었다.

"그나저나 저쪽에 모여 있는 애들은 뭐야?"

"저도 깜짝 놀랐지 뭐예요. 저 오기 전부터 저렇게 시위를 하고 있더라고요."

여고생들에게 가까이 다가가자 피켓이 눈에 들어왔다. '당신들에겐 변태지만 우리들에겐 히어로다!' '바바리맨, 우리는 당신 편이에요!' '죄 없는 자, 바바리맨에게 돌을 던져라!'

"세상에, 이게 무슨 일이래……."

엄마가 놀란 목소리로 중얼거렸다. 슬쩍 아빠를 보니 크게 감격한 표정이었다.

"저기, 바바리맨 가족 분들 맞죠?"

우리를 알아본 여고생들이 저마다 한마디씩 했다. "바바리맨에게 전해 주세요. 무죄로 풀려날 때까지 노력할 거라고." "우리는 끝까지 싸울 거예요!" "바바리맨에게 자신을 지지하는 많은 사람이 있다는 거 알려주세요." 아빠와 엄마는 학생들에게 일일이 고맙다는 말을 전했다.

이윽고 경찰서에 들어서자 한쪽 구석에 있는 삼촌이 보였다. 얼굴이 몹시 초췌했다. 아빠는 삼촌을 물끄러미 바라보다가 끙, 하고 억울린 신음을 토했다.

"도련님, 뭐 좀 먹었어요?"

도시락을 들고 다가간 엄마 앞에서 삼촌은 베시시 웃었다. 그 웃음이 내 가슴에 아프게 파고들었다.

"소동식 씨 가족분들 되십니까?"

검정 점퍼를 입은 아저씨가 나타나 아빠에게 물었다. 떡 벌어진 어깨와 매서운 눈초리. 한눈에도 형사가 분명했다.

"그렇습니다만……."

주눅 든 태도로 아빠가 대답하자 형사는 옅은 미소를 지었다.

"범칙금만 내시고 데려가세요."

"네?"

어안이 벙벙한 우리들을 건너다보다가 형사는 이해하기 쉽도록 차근차근 설명해주었다.

"소동식 씨 사건에 대해 우리가 가장 주시했던 건, 재개발 문제와 관련해 어떤 목적성과 의도가 있느냐였습니다. 그런데 조사 결과 아무 혐의점도 찾지 못했습니다. 그렇게 되면 단순한 바바리맨 범죄 하나만 남게 되는데, 이 경우는 법적으로 바바리맨 활동 시 중요 부위를 노출했느냐에 따라 '공연음란죄'의 적용 유무가 결정됩니다."

나는 눈을 크게 떴다. 공연음란죄? 바바리맨의 노출이 하나의 공연으로 여겨지나? 스트립쇼 같은?

"그런데 소동식 씨는 바바리맨으로 활동하며 언제나 팬티를 입고 있었습니다. 이로 인해 단순한 과다 노출로 인한 경범죄로 돌려질 수 있었죠. 덧붙여, 이런 조치에는 범죄 경력이 전혀 없는 점과 위기에 처한 학생을 구한 점이 참작되었습니다."

아빠와 엄마는 동시에 아, 하고 짧은 소리를 뱉어냈다. 꼼짝없이 삼촌이 감옥에 갈 줄로만 믿었던 그들로서는 당황하지 않을 수 없었을 거다. 놀란 토끼눈이 되기는 나 역시 마찬가지였지만, 그 와중에서도 한 가지 의문이 내 머리를 강하게 두드렸다. 혹시 아빠는 처음부터 공연음란죄에 대해 알고 있었을까. 그래서 바바리맨 활약 당시 팬티를 입었던 걸까?

"솔직히 말해, 민감한 사회 문제와 얽힌 사건이라서 좀 더 무거운 처벌이 내려질 수도 있었지만 생각지도 못했던 곳에서 압력이 들어오더라고요."

형사는 책상 한켠에 놓인 두툼한 종이 뭉치를 가리켰다.

"밖에 있는 학생들이 보낸 청원서입니다. 바바리맨을 풀어달라는 내용이죠."

우리 가족은 다시 한 번 크게 놀랐다. 청원서라니. 진심으로 바바리맨을 위하는 마음이 고스란히 전해져 왔다.

"나가시거든 학생들부터 해산시켜 주세요."

얘기를 마친 형사는 뭔가 바쁜 일이 있는지 출입문 쪽으로 뛰듯이 걸어갔다. 우리는 삼촌과 함께 경찰서를 나섰다. 삼촌이 나타나자마자 모여 있던 여고생들에게서 엄청난 환호성이 터져 나왔다. 한류스타 같다는 아빠의 말에 엄마는 배용준도 이거보단 덜하겠다고 대꾸했다.

여고생들의 소란이 지나가자 이번에는 기자들이 달려들었다. 팡팡 터지는 카메라 플래시 속에서 삼촌은 어쩔 줄 몰라 했다.

"재개발 문제에 개입한 건 어떤 목적이었습니까?"

날카로운 인상의 기자가 묻자 삼촌은 두 손으로 얼굴을 가린 채 기어들어가는 목소리로 대답했다.

"그냥 우연이었습니다."

"그럼 바바리맨 범행을 저지른 이유가 뭡니까?"

"시, 시험에 대한 중압감 때문에 그랬습니다."

삼촌의 대답이 끝나자마자 안경을 쓴 여기자가 재빨리 질문을 던졌다.

"구체적으로 무슨 시험입니까? 고시? 행시?"

삼촌은 묵묵히 고개를 내저었다.

"외시입니까?"

"겨, 경찰 공무원이요."

삼촌의 대답을 들은 기자들은 모두 멍한 표정이 되었다.

기자들이 물러간 뒤 나리 누나가 붉으락푸르락한 얼굴로 다가왔다. 삼촌은 움찔 놀라 뒷걸음질 쳤다.

"미친놈아, 옷은 내 앞에서만 벗지, 왜 꼬맹이들 앞에서 벗고 그래!"

나리 누나는 두 주먹으로 삼촌의 가슴을 내리쳤다. 삼촌은 아프다고 엄살을 떨어대며 이리저리 도망 다녔다.

"이거 먹어라."

화장실에 가는 듯 잠깐 사라졌던 아빠가 손에 하얀 두부를 들고 나타났다. 아빠가 두부를 내밀자 삼촌은 미소 띤 얼굴로 그것을 받아들어 한입 베어 물었다. 주위 사람들 모두 소리내어 웃었다.

그날 저녁 식탁에는 갈비찜과 불고기가 올라왔다. 삼촌은 뭐가 그렇게 기분이 좋은지 입가에 웃음기가 사라지지 않았다.

"경찰서에서 고생이 많았지?"

아빠가 묻자 삼촌은 쾌활하게 대답했다.

"고생은 무슨. 미래의 직장 탐방이라고 생각하면 되죠, 뭐."

"거, 경찰은 할 수 있긴 한 거냐? 이번 일이 기록에 남아서 결격 사유가 되는 건 아니야?"

"에이, 별일이야 있겠어요. 정식으로 전과가 남는 것도 아니고."

무슨 말인가 더 하려다가 아빠는 입을 다물었다. 그러고는 조용히 술잔을 들어 입 안에 소주를 털어 넣었다.

"도련님, 공부하기 힘들면 경찰 시험 그만둬요."

이번에는 엄마가 말을 꺼냈다.

"내가 그동안 도련님한테 너무 부담을 준 것 같아."

삼촌이 기자들에게 얘기한 내용을 곧이곧대로 믿는 엄마가 웃 겼지만 나는 잠자코 있었다.

"자동차 정비도 좋고, 요리도 좋으니까 삼촌이 좋아하는 거 찾 아서 공부하세요. 학원비는 내가 대줄게요."

여태 억지로 시험 준비를 했던(사실은 공부도 거의 안 했지만) 삼촌은 입을 헤벌렸다.

"그리고…… 자리 잡히면 미용실 아가씨랑 결혼하세요. 그런 여자, 만나기 힘들어요. 사람들 전부 욕하는데도 끝까지 삼촌 편에서서 걱정해주는 여자가 어딨어요."

엄마의 말을 들은 삼촌은 웃음기를 거뒀다. 그러고는 눈썹 사이에 주름을 만들며 깊은 생각에 잠겼다. 나도 이번 일을 계기로 나리 누나가 아주 다르게 보였다. 한마디로 의리가 있다고 할까? 역시 사람은 겪어봐야 아는 모양이다.

식사를 마친 뒤 삼촌과 나는 슈퍼 앞 평상에 나란히 앉아 하드를 먹었다. 그제야 큰 태풍이 지나간 뒤의 안도감과 평온감이 느껴졌다. 동팔이의 머리를 쓰다듬다가 나는 삼촌에게 물었다.

"경찰서에서 어땠어? 컴컴한 지하실에서 고문도 당한 거야?"

"지금이 쌍팔년도냐? 그리고 바바리맨 같은 걸로 무슨 고문을 당해."

삼촌과 나는 그동안의 일들에 대해 떠들어댔지만 정작 가장 중요한 바바리맨 누명에 관한 얘기는 멀리 물러나 있었다. 나는 얼른 그것에 대해 묻고 싶었으나 적당한 타이밍이 올 때까지 기다렸다. 하늘에 흐릿하게 별이 떠 있었다. 저녁 공기가 싸늘하면서도 상쾌하게 코끝에 감겼다. 등 뒤로 뻗은 팔에 상체를 기댄 느긋한 자세로 삼촌은 콧노래를 흥얼거렸다.

"그런데…… 어째서 아빠 대신 붙잡힌 거야?"

마침내 조심스럽게 말문을 연 것은 주위 어둠이 한층 깊어졌을 즈음이다.

삼촌은 내 얼굴을 뚫어지게 쳐다보았다.

"너, 눈치채고 있었구나?"

별로 놀라지 않는 삼촌의 반응이 나의 긴장감을 누그려뜨려주었다. 삼촌은 선뜻 입을 열지 않고 먼 발치의 가로등만을 바라보았다. 자세히 보니 그의 입가에 옅은 미소가 걸려 있었다.

"먼저 어떻게 아빠가 바바리맨인 걸 알았는지부터 말해줘."

"인터넷 뉴스에서 우리 동네 바바리맨을 다룬 기사를 봤는데, 사진 속 바바리맨의 체형이나 살짝 드러난 얼굴선이 아무래도 형님 같더라고. 이상하게 여기다가 결국 형님을 관찰하게 됐지."

"흐음……. 그럼, 누명을 쓴 이유는?"

삼촌은 피식 웃었다.

"형은 한 집안의 가장이잖아. 사회적 체면도 있고……. 아무래도 내가 붙잡히는 게 훨씬 낫지."

가슴속에서 삼촌을 향한 커다란 애정이 솟아났지만 어떻게 그것을 표현해야 할지 몰랐다. 삼촌을 보다가 나는 겨우 이렇게만 말했다.

"고마워."

삼촌은 내 이마에 꿀밤을 먹였다.

"고맙긴. 너에게는 아빠지만, 나에게는 하나밖에 없는 형이기도 해."

나는 배시시 웃었다. 크게 하품을 한 다음 삼촌은 톤을 낮춰 말을 이었다.

"내가 너만한 때였어. 스케이트보드를 굉장히 갖고 싶었지. 그때 그게 아이들 사이에서 유행했거든. 그런데 부모님이 사주지 않는 거야. 아무리 울면서 졸라도 말이야. 그래서 참다 못한 나는 엄마 지갑에서 돈을 훔쳐 스케이트보드를 샀지. 뭐, 예상되다시피 나중에 걸리고 말았어. 나는 세뱃돈과 용돈 모은 걸 썼다고 둘러댔지만 먹힐 리 없었지. 꼼짝없이 혼나는 일만 남았는데, 대학생이던 형이 나서는 거야. 형은 급하게 돈이 필요해서 자기가 엄마 지갑에서 꺼내 썼다고 했지. 부모님은 처음에는 믿지 않더니 형이 너무나 진지하게 주장하니까 결국 고개를 끄덕였어. 덕분에 나는 혼나지 않을 수 있었고."

나를 지그시 바라본 뒤 삼촌은 이빨을 드러내며 웃었다.

"이제야 형에게 묵은 빚을 갚았네. 속이 아주 후련하다!"

물끄러미 삼촌을 바라보던 나는 문득 한 가지 의문에 사로잡혔다.

'그동안 나는 왜 나 혼자만 아빠를 위한다고 생각했을까?'

조용히 돌이켜보면 나는 오로지 나만이 아빠 편이고, 그를 지킬 수 있는 건 나뿐이라는 어리석은 믿음을 갖고 있었다. 마치 보이지 않는 누군가가 그걸 이제야 알았냐며 내 뒤통수를 탁, 치는 기분이었다.

며칠 뒤, 나는 늦은 저녁 시간에 혼자 조용히 윗동네를 찾았다. 평화와 안정을 되찾은 그곳에서는 두런두런 말소리가 들리고 먹음직스런 음식 냄새가 풍겼다. 아마도, 눈에 보이지 않고 손으로 만질 수 없지만 소망이나 꿈 같은 것들도 반짝이며 빛나고 있을 것이었다.

'이 모든 걸 아빠가 지켜낸 걸까.'

이와 같은 생각이 들자 아빠가 진짜 히어로일지 모른다는 마음이 일었다. 솔직히 말하면 그동안 나는 오로지 겉모습만 보고 아빠를 판단했을 뿐이다. 그래서 아빠가 그저 구멍가게 주인에 불과하다고 믿었던 거다.

나는 근처에 있는 커다란 바위에 걸터앉았다. 그러고는 다리를 끌어올려 두 팔로 꽉 껴안았다. 멀리 보이는 하늘이 연보라색으로 물들어 있었다. 눈앞의 나무에서 참새 한 마리가 푸드덕 소리를 내며 날아올랐다. 세워진 무릎에 턱을 올려놓은 채 나는 시인 아줌마의 말을 떠올렸다.

'히어로인지 아닌지를 결정하는 건 그를 바라보는 이들의 몫이란 거야⋯⋯.'

이제 어떡해야 할까? 아빠를 히어로라고 여겨도 괜찮을까? 나는 눈을 감고서 끙, 신음을 토해냈다. 갑자기 여러 생각이 뒤엉키는 바람에 머리가 아파왔다. 한참 시험지를 풀다가 선생님이 아이들을 골탕 먹이기 위해 낸 이상한 문제와 맞닥뜨렸을 때와 비슷한 느낌이었다.

한참만에야 눈을 뜬 나는 일단 아빠를 히어로라고 인정하기로 결심했다. 하지만 그렇다고 하더라도 아빠에 대한 미움과 화가 사라진 것은 아니었다. 히어로와 상관없이 여전히 마음속에 단단하고 무거운 의문으로 남는 것이 있었기 때문이다.

'아빠는 왜 바바리맨이 됐을까?'

지금이야 어찌됐든, 분명 아빠는 처음에 단순한 변태에 지나지 않았다. 여고생들이 내지르는 비명에 기쁨과 즐거움을 느꼈고, 아빠의 행동으로 인해 그 누나들은 고통과 상처를 받았다. 바바리맨 활동 동기가 이해되지 않는 이상, 나는 아빠를 온전히 받아들일 수 없었다.

3

"하이!"

교실 문이 열리며 원장 아줌마가 나타났다. 선글라스를 쓰고 팔뚝에 샤넬 백을 걸친 아줌마는 분장을 마친 아이들을 죽 둘러본 다음 과장된 몸동작과 함께 입을 열었다.

"오, 모두 러블리하고 큐트하고 프리티하네요!"

느끼하고도 어색한 말투는 여전했다.

"여러분, 오늘 공연은 스페셜하게 해줘야 해요. 비코우즈, 녹화를 해서 학원 홈페이지에 올릴 계획이거든요. 많은 사람이 여러분의 모습을 보게 될 거예요. 정말 익사이팅하고 판타스틱하죠?"

기가 막혔다. 아니, 누구 맘대로 동영상을 올려? 초딩은 초상권도 없는 거야?

"그럼, 여러분의 열정적인 퍼포먼스를 기대할게요!"

수고하라는 의미로 브랜든의 어깨를 툭툭 치고서 원장 아줌마는 교실을 나갔다. 브랜든은 아이들을 향해 어깨를 으쓱해보이며 말했다.

"신경 쓰지 말고 그냥 리허설 때처럼만 해요."

리허설 때처럼만 하라니, 그게 말처럼 쉽나. 나는 가슴이 터질 듯 두근거렸다. 원탑으로 극을 이끌어가야 하는 중압감이 엄청났다. 종민이도 나와 상태가 비슷했는데, 그 애는 불안한 표정으로 끊임없이 손톱을 물어뜯었다(에스메랄다로 변한 모습이 차마 눈 뜨고 못 볼 지경이었다). 반면, 프롤로 역을 맡은 강세나는 우리와 다르게 굉장히 여유로운 태도로 거울 앞에서 자신의 가짜 콧수염을 쓰다듬고 있었다.

"나는 무대를 점검하러 갈게요. 공연 시간 되면 내려오도록 해요."

브랜든이 자리를 뜨자 나는 밀쳐두었던 대본을 집어들었다. 종이가 죄다 해진 상태였다. 이미 완벽히 대사를 외우고 있었지만 나는 첫 장부터 다시 읽어나갔다.

"아들!"

갑자기 들리는 소리에 고개를 들자 엄마가 보였다. 이어서는 아빠와 삼촌도 눈에 들어왔다. 이미 예상하고 있었지만 당황스럽고 창피하기는 마찬가지였다.

"이쪽 봐!"

캠코더를 손에 든 엄마가 나를 향해 외쳤다. 나는 캠코더 렌즈를 향해 억지웃음을 지었다. 호들갑을 떠는 엄마를 대하니 연극을 시작하기도 전에 온몸의 기운이 전부 빠지는 기분이었다.

잠시 내 곁에 말없이 서 있다가 아빠는 교실 뒤쪽으로 걸어갔다. 그러고는 게시판에 붙은 아이들의 영시를 들여다보았는데, 그런 아빠를 강세나가 유심히 쳐다보았다. 변태 바바리맨이 어떻게 생겼나 궁금하겠지.

아빠와 엄마는 내게 기대하겠다는 말을 남기고 자리를 떴다. 교실을 나서기 전 삼촌은 내 양어깨를 붙잡고서 사뭇 진지하게 얘기했다.

"배역을 연기하는 게 아니라, 배역 그 자체가 되는 걸 메소드 연기법이라고 하지. 송강호, 최민식 알지? 그 배우들이 이 연기법을 구사해. 너도 오늘 그렇게 해보는 거야."

"애들 연극에 무슨 연기법이 필요하단 거야."

"모든 공연은 소중하고 신성한 거야. 그러니까 최선을 다해야 해!"

"나 원 참."

"알았지? 메소드 연기법!"

얼마쯤 시간이 지나자 강세나의 부모님도 나타났다. 말끔하고 세련된 정장 차림의 그분들은 점잖은 태도로 딸아이에게 몇 마디 격려의 말을 건넨 뒤 교실을 나갔다(참으로 우리 집 사람들과 비교가 되지 않을 수 없다). 그리고 공연 시작 즈음해서 백부와 나후나 아저씨도 찾아왔다.

"여어, 주인공 맡았다며? 주인공인 만큼 출연료도 엄청나겠는데?"

백부의 실없는 소리를 듣다가 고개를 돌려보니 나후나 아저씨와 종민이가 마주 서 있었다. 한눈에도 사이가 많이 어색한 듯 보였다. 나후나 아저씨가 떨지 말고 잘하라고 하자 종민이는 대꾸없이 고개를 끄덕였다.

공연 시간을 십 분 남겨두고 나는 아이들과 함께 무대가 마련된 아래층 세미나실로 향했다. 그곳에 도착해서도 나는 불안감을 감추지 못했다. 살짝 무대 장막을 걷고 밖을 내다보니 웬일인지 다른 때보다 관객이 훨씬 많았다.

"많이 떨려?"

등 뒤에서 강세나 목소리가 들려왔다. 그동안 이런저런 일을 겪으며 애와 부쩍 가까워진 느낌이었다. 이제는 함께 있어도 별 어색함이 느껴지지 않았다.

"떨리지 않게 해주는 주문 알려줄까?"

"뭐?"

"내가 만든 건데, 효과가 아주 좋아."

내가 황당한 눈으로 바라보자 강세나는 사뭇 진지한 태도로 말했다.

"정말이야. 치과 갈 때도 써먹어봤는데, 하나도 떨리지 않았어."

애가 순진한 면이 있네. 그게 뭐냐고 묻자 강세나는 진짜 마법의 주문이라도 되는 양 두 눈을 지그시 감고서 읊조리듯 말했다.

"구리구리 개구리, 구리구리 너구리, 손잡고 어디어디 가나, 산 넘고 물 건너 소풍 떠나네."

나도 모르게 푸핫, 웃음이 터져 나왔다. 강세나는 부루퉁하게 물었다.

"뭐야, 비웃는 거야?"

나는 아니라고 고개를 저었다. 그런 뒤 웃음을 삼키고서 천천히 주문을 외우기 시작했다. 구리구리 개구리, 구리구리 너구리…… 당연히 별 변화가 없었다. 그러나 나는 과장된 감탄사를 내뱉으며 효과 만점이라고 떠들어댔다. 그런 나를 보며 강세나는 굉장히 뿌듯해했다.

"It's Showtime!"

브랜든이 다가와 내 어깨에 손을 올려놓았다. 주위를 둘러보니 아이들이 전부 나를 주목하고 있었다. 나는 무대로 향한 입구에 섰다. 그러고는 두 주먹을 꽉 쥔 채 밖으로 걸어 나갔다.

무대 배경으로 그려진 종탑 앞에 선 나는 객석을 바라보았다. 어둠 속에서 캠코더 전원 램프가 별빛처럼 반짝였다. '동현이 파이팅!'하는 삼촌 목소리가 들리기도 했다. 얼빠진 것마냥 서 있다가 나는 가까스로 떨리는 입술을 열었다.

"I've been here, only here all through my life. This small place is my entire world(태어나서 죽 이곳에서만 살았어. 이 좁은 공간이 내 세계의 전부야)."

일단 첫 대사를 하고 나자 긴장된 마음이 약간 진정되었다. 머릿속에 극의 흐름도 그려지고 딱딱하게 굳은 몸도 풀리는 기분이었다. 나는 연습한 액션을 취하며 차분하게 다음 대사를 했다.

"I'm so lonely. I want friends(너무 외로워. 나도 친구를 만들고 싶어)."

연극은 내 걱정과 달리 큰 무리 없이 이어졌다. 종민이가 몇 번 대사를 까먹는 바람에 위기에 빠진 적이 있었으나, 오히려 그것이 웃음을 유발해 극의 재미를 더했다. 프롤로 역의 강세나는 여태껏 굵직한 역만을 맡은 탓에 노련한 연기를 선보이며 애드리브까지 쳤다.

작은 문제가 생긴 건 극이 시작된 지 이십 분쯤 지났을 즈음이다. 종탑에서 도망친 카지모도가 얼결에 마을의 가장행렬에 참가해 그 흉측하고도 혐오스런 겉모습으로 말미암아 주목을 받는 장면에서였다. 주민 역을 맡은 아이들이 "당신이 쓴 가면이 가장 감쪽같다." "이렇게 추한 가면은 본 적이 없다."고 떠들자 나는 말했다.

"This is not a disguise, buy my real face(이건 가면이 아니에요. 나의 진짜 얼굴입니다).

대사를 마친 나는 멍하게 서 있었다. 불현듯 어떤 생각이 머리를 스쳤기 때문이다.

'가면이 아니라 진짜 얼굴? 사람들이 가면이라 여겼던 것이 실은 진짜 얼굴이라고?'

나는 바바리맨을 떠올렸다. 저항과 정의를 상징한다는 가이 포크스 가면. 나는 여태껏 그것과 아빠는 아무 상관이 없는 줄 알았다. 그저 단순히 아빠가 우연히 손에 넣어 얼굴을 가릴 목적으로 쓰고 다닌 줄 믿었다. 그런데 그게 전부가 아닐지도 모른다는 느낌이 들었다.

'아빠가 가이 포크스 가면을 쓴 건 우연이었을까? 만약 일부러 그 가면을 선택했다면, 그건 어떤 의미일까?'

나는 좀 더 생각을 이어가고 싶었으나 아이들이 정신 차리라고 말하는 바람에 그럴 수 없었다. 도리질을 치며 머릿속을 비워낸 뒤 나는 다시 역할에 집중했다.

진짜 사건이 터진 건 극의 중반에 이르러서였다. 프롤로가 종탑을 벗어난 카지모도를 혼내는 장면이었다. 프롤로 역의 강세나는 성난 목소리로 내게 물었다.

"Why did you escape from the tower against my order(왜 내 명령을 어기고 종탑에서 나갔지)?"

대본대로 나는 무릎을 꿇은 자세로 침묵을 지켰다. 그러자 강세나는 더욱 목청 높여 쏘아붙였다.

"I'm asking you WHY YOU BROKE AWAY FROM THE TOWER(어째서 종탑을 벗어난 건지 묻고 있지 않느냐)!"

고개를 푹 숙인 채 나는 기어들어가는 목소리로 대답했다.

"I've been completely alone here, eating alone on the table, watching alone the sunset over the window, getting up alone in my bed. I've been as good as a ghost secluded in the tower. I exist like this, but no one knows of me, not anyone(그동안 저는 종탑에서 늘 혼자 지냈습니다. 혼자 식탁에서 밥을 먹고, 혼자 창가에서 노을을 바라보고, 혼자 침대에서 깨어났죠. 종탑에 갇힌 저는 유령이나 다름없었습니다. 이렇게 살아 있지만 아무도 저의 존재를 몰랐죠. 아무도요)."

강세나는 한쪽 입꼬리를 끌어올리며 비웃음을 흘렸다.

"So(그래서)?"

"Like everyone…… I desired to mingle with them. No longer

did I want to remain a living ghost(저도…… 다른 사람들과 마찬가지로 친구들과 어울리고 싶었습니다. 더 이상 살아 있는 유령이 되고 싶지 않았습니다)."

대사를 마치자마자 갑작스레 찾아온 깨달음에 나는 두 눈을 크게 떴다. 살아 있는 유령…….

"So, what good was out there? Cries of people(그래, 나가보니 어떻던가? 사람들의 비명만을 들을 수 있었지)?"

내가 말할 차례였지만 나는 입을 꾹 다문 채 가만히 있었다. 그러고는 무엇인가에 홀린 듯 몸을 일으켜 객석의 아빠를 찾았다. 곧이어 이쪽을 바라보는 아빠의 실루엣이 흐릿하게 눈에 들어왔다.

바로 그때였다. 아빠의 모습 위로 내가 연기하는 카지모도가 조용히 겹쳐졌다.

'그랬구나, 그랬어…….'

나는 충격으로 움직임을 멈추고 자리에 서 있기만 했다. 크게 당황한 강세나가 왜 그러냐고 내게 속삭였다. 객석에서도 수군거리는 소리가 들려왔다.

"Yes, I was greeted with just screams and taunts(맞습니다. 비명과 조롱만이 저를 맞아들였습니다)."

넋이 나간 듯 있다가 나는 가까스로 다시 입술을 열었다.

"But those shouts let me feel that I'm alive. I was myself in them(그러나 그 비명 속에서, 저는 제가 살아 있음을 느낄 수 있었습니다. 저라는 존재를 확인받을 수 있었습니다)."

별안간 두 눈이 뜨거워지며 눈물이 내 뺨을 타고 주룩 흘러내렸다. 눈물은 걷잡을 수 없이 쏟아졌다.

"I was no more a shadow(저는 더 이상 유령이 아니었습니다)."

한밤의 콘서트

1

주말인 이튿날, 나는 일찍부터 혼자 동네를 쏘다녔다. 갑작스레 깨닫게 된 아빠의 바바리맨의 변신 이유 때문에 머리가 아주 복잡했기 때문이다. 그러나 그런 와중에도 한 가지 확실해지는 게 있었다. 그건 내가 더 이상 아빠를 미워할 수도, 원망할 수도 없다는 거였다.

이곳저곳을 기웃거리다가 나는 내가 졸업한 유치원 앞에서 발을 멈췄다. 오랜만에 찾으니 느낌이 새로웠다. 창문으로 보이는 자그마한 책걸상들이 무척 귀여웠고, 마당의 미끄럼틀과 정글짐이 너무나 작게 다가왔다.

"하아…… 이때가 좋았지."

나는 마당 한쪽에 있는 벤치에 드러누웠다. 구름 한 점 없는 맑은 하늘이었다. 조금 시간이 흐르자 하늘 언저리에 내가 연기한 카지모도가 그려졌고, 이어서는 거기에 아빠 얼굴이 입혀지며 내 가슴으로 찌릿, 통증이 지나갔다. 어째서 일찍 알아채지 못했을까. 왜 아빠를 이해할 수 없었을까…….

점심때쯤 피시방에 들어갔다가 밖으로 나오니 해가 저물어 주위가 어둑어둑해져 있었다. 집으로 향하던 나는 근처의 재래시장으로 발길을 돌렸다. 이런 날, 북적이는 시장 분위기를 느껴보는 것도 나쁠 것 같지 않았다.

시장은 기대와 달리 한산했다. 나는 길 양쪽으로 늘어선 상점들을 구경하며 느릿느릿 걸음을 옮겼다. 작은 유리 항아리에 각종 젓갈이 담겨 있는 젓갈집, 색색의 과일이 보기 좋게 진열된 과일가게, 커다란 고깃덩이가 내걸린 정육점…… 생선가게 앞에서 커다란 고무통에 담긴 미꾸라지를 구경하고 있노라니 누군가 내 이름을 불렀다.

"오, 동현!"

돌아보니 양손에 두툼한 비닐봉지를 든 시인 아줌마가 서 있었다.

"여기서 뭐해?"

"보면 몰라요. 미꾸라지 구경하잖아요."

시인 아줌마는 내 옆에 쪼그려 앉더니 장난기 묻은 음성으로 말했다.

"소문 들었어. 연기 신동이라면서?"

"신동은 무슨⋯⋯."

"이거, 미리 사인이라도 받아놔야 하는 거 아닌지 모르겠는걸."

연극을 했던 당시, 눈물을 쏟은 뒤에는 어떻게 시간이 흘러갔는지 모른다. 연극을 마치자 객석에서 엄청난 박수와 환호가 터져나왔다. 나중에 알고 보니 그것들은 전부 나를 향한 거였다. 사람들은 눈물까지 흘린 나의 연기에 엄청나게 감탄했다(특히 삼촌은 내가 메소드 연기를 해냈다며 호들갑을 떨어댔다).

아줌마는 가까이 있는 분식집을 가리키며 내게 물었다.

"출출하지 않아? 떡볶이 먹을래?"

분식집에 들어간 우리는 구석진 자리에 앉았다. 주인 할머니가 나를 가리키며 아들이 개구쟁이처럼 생겼다고 말하자 아줌마는 깔깔 웃으며 잘 봤다고, 너무 말썽을 부려 골치가 아프다고 대꾸했다. 졸지에 아줌마의 아들이 된 나는 기분이 썩 좋지는 않았지만 얻어먹는 처지를 생각해 잠자코 있었다.

"나⋯⋯ 아빠가 왜 바바리맨이 됐는지 알 것 같아요."

쭈뼛거리며 망설이다가 나는 고개를 숙인 채 입을 열었다. 그게 뭐냐고 얼른 물을 줄 알았으나 아줌마는 아무 말도 하지 않았다. 그러다가 갑자기 어깨에 메고 있던 가방을 뒤적이더니 노트 한 권을 꺼냈다. 아주 오랫동안 쓴 듯 겉장이 너덜너덜했다.

"며칠 전에 시를 한 편 썼어. '우리 모두 바바리맨이 되자'가 제목이야."

"무슨 제목이 그래요?"

내가 읽어달라고 하지도 않았는데 아줌마는 큼큼, 헛기침을 하고서 낭랑한 목소리로 시를 읊기 시작했다.

우리 모두 바바리맨이 되자
너른 광장으로 뛰어나가
미움도 걷어내고
원망도 걷어내고
불신도 걷어내어
알처럼 품고 있던 맨마음을 보여주자

우리 모두 손 맞잡고 춤을 추자
사람들 점점 모여들어
광장을 벗어나고
마을을 벗어나
덩실덩실 끝없이 가보자

새벽 빛 찬란하고

오색 꽃 만발한

우리 본향 들녘에 이르면

서로의 반짝이는 머릿결에 입맞춤을 하자

시를 다 들은 나는 턱을 어루만지며 침묵을 지켰다. 아줌마는 나와 눈 맞춤을 하며 속삭였다.

"세상은 언제나 갈등과 오해로 가득 차 있어."

투명하게 빛나는 눈동자가 흔들림 없이 나를 응시하였다.

"그러나 멀리 떨어져서 바라보면 금세 알게 되지. 그것들이 커다란 그림의 일부분이란 사실을, 그 반대되는 것들과 섞여 더없이 멋진 조화를 이룬다는 사실을. 그 완벽성과 절묘함을 이해한다면 사실상 신을 믿지 않기란 아주 힘들어."

"요점이 뭐예요?"

"우리는 모두 하나라는 거지!"

시장을 빠져나온 아줌마와 나는 집을 향해 느릿느릿 걸었다. 살며시 부는 바람이 뒷목을 부드럽게 쓸어주었고, 달빛이 은은하게 앞길을 비춰주었다. 지그시 두 눈을 감은 채 나는 아줌마가 읽어준 시의 내용을 머릿속에 그려보았다. 해 저문 저녁의 분수대 광장. 가로등 불빛 아래서 내가 알고 있는 사람 전부가 실오라기 하나 걸치지 않은 알몸으로 밝고 신나는 음악에 맞춰 춤을 추었다. 누군가는 경쾌하게 탭댄스를 밟았고, 또 누군가는 뒤꿈치를 들고서 빙그르르 몸을 회전시켰다. 어떤 이들은 짝을 맞춰 왈츠를 추기도 하였다. 그런데 이상하게도 그 광경이 조금도 야하거나 흉하게 느껴지지 않았다. 아니, 오히려 무척이나 아름다웠다.

'흠…… 이런 게 시란 걸까.'

동네에 이르자 눈에 익은 사람들이 언덕길을 내려오는 모습이 보였다. 백부와 삼촌, 나후나 아저씨였다.

"여어, 시인 양반! 마침 찾고 있는 참이었어."

백부가 반가운 표정을 지으며 말하자 시인 아줌마는 물었다.

"무슨 일 있어요?"

백부는 옆에 있는 삼촌의 어깨를 탁 쳤다.

"조금 늦었지만 이 녀석 출소 환영식을 하려고 하네."

"아하, 그렇군요!"

환영식은 개뿔, 술 마실 핑곗거리가 필요한 게 틀림없다. 사람들은 한데 어울려 근처에 있는 치킨 집으로 갔다. 의자에 앉자마자 시인 아줌마는 손가락으로 삼촌의 옆구리를 찔렀다.

"이거 이거, 꽤 멋진 행동을 했던데?"

나후나 아저씨가 삼촌의 잔에 맥주를 따라주었다.

"나도 깜짝 놀랐네. 자네가 범인으로 붙잡힐 줄은 꿈에도 몰랐어."

백부 때문인지 사람들 모두 사건의 전말을 자세히 알고 있었다. 삼촌은 맥주 한 모금을 마신 뒤 지난 일을 털어놓았다. 형의 바바리맨 행각을 눈치채고 놀란 일, 형 대신 붙잡히기로 마음먹고 알몸에 바바리코트를 걸쳤을 때의 난감함과 당황스러움, 경찰에 끌려갈 당시의 떨림, 경찰서에서의 취조 과정, 풀려날 때의 기쁨. 흥미진진하게 이야기를 들으며 사람들은 진지한 태도로 질문을 하기도 하고 때로는 배를 부여잡고 웃기도 했다.

"내가 한 가지 빅뉴스를 알려드리지."

술자리가 무르익을 즈음, 백부가 의기양양한 얼굴로 말했다. 시선이 전부 그에게로 쏠렸다. 뜸을 들이며 조바심을 이끌어낸 뒤 백부는 천천히 입을 열었다.

"윗동네 재개발이 보류 되었다네!"

백부의 말을 듣자마자 모두 놀란 표정을 지어보였다. 나는 톤을 높여 물었다.

"보류요? 그거 중지된다는 뜻 맞죠?"

백부는 내 머리를 쓰다듬은 다음 차분한 목소리로 모두에게 설명해주었다.

"정부 차원에서 재개발 계획을 다시 검토할 거래. 주민 동의를 받는 중에 강압적인 부분이 있었는지도 조사할 예정이고. 사실이 밝혀지면 재개발 계획이 백지화 될 게 분명할 거야."

나는 너무 기뻐 멍한 상태가 되었다. 시인 아줌마가 내 양 뺨을 잡고 흔들었다.

"이게 전부 바바리맨 때문이겠지?"

백부가 시인 아줌마를 쳐다보며 말했다.

"시민들이 움직여준 점도 큰 힘이 됐지. 나는 그게 너무나 기쁘고 놀랍더군. 솔직히 말해 그동안 나는 요즘 사람들이 오로지 자기 자신만 위하며 산다고 생각했거든."

시인 아줌마는 입가에 옅은 미소를 지었다.

"몇 달 전이었어요. 한 할머니가 폐지가 가득 실린 손수레를 끌며 힘겹게 가파른 길을 오르는 모습을 목격했죠. 저는 할머니를 도와드리고 싶었지만 그날 있었던 힘든 일 때문에 너무 의기소침한 상태여서 선뜻 용기가 나지 않았어요. 그래서 저 대신 다른 누군가가 나서길 바라며 행인들을 바라보았죠. 그런데 누구 하나 나서지 않는 거예요. 전부 할머니를 모른 척 지나쳤죠. 저는 각박해진 우리 사회에 대해 크게 한탄하고 씁쓸해했어요."

잠깐 말을 끊고서 사람들의 표정을 살핀 다음 아줌마는 얘기를 계속했다.

"그런데 잠시 뒤 이런 생각이 들더라고요. 다른 사람들도 나와 같지 않을까, 돕고 싶은 마음은 굴뚝같지만 차마 용기가 없어 망설이고 있는 게 아닐까……. 저는 행인들의 얼굴을 살폈죠. 그러니까 보이더라고요. 어떤 안타까워하는 표정, 멈칫거리는 움직임이. 치열한 생존경쟁 속에서 상처를 너무 많이 받아 어쩔 수 없이 몸에 두꺼운 갑옷을 두르고 살지만, 그 속에는 아직 따뜻함과 선의가 살아 숨 쉬고 있는 거예요. 그리하여 어떤 커다란 불의와 맞닥뜨렸을 때, 차마 앞장서지는 못하지만 누군가 먼저 나서면 거기에 동조할 수 있는 거죠."

"마치 촛불집회처럼 말이군요?"

삼촌의 말에 시인 아줌마가 아주 좋은 예라며 손뼉을 쳤다.

좀 더 시간이 흐르자 화제가 나후나 아저씨에게로 옮겨갔다. 사람들은 아저씨가 시작한 과일 장사에 대해 이런저런 얘기를 주고받았다. 그 모습을 조용히 지켜보다가 나는 아저씨에게 물었다.

"다시 노래하고 싶지는 않으세요?"

나후나 아저씨는 너털웃음을 터트렸다.

"왜 안 그렇겠니, 아주 입이 근질근질하지!"

아무렇지 않은 듯 보이려고 애썼지만 나후나 아저씨에게서 아직 딱지가 내려앉지 않은 상처가 만져졌다. 그런 그를 보며 나는 생각했다. 누구나 좋아하는 일을 하며 살 수 있다면, 그 일로 당당하고 행복하게 살 수 있다면 얼마나 좋을까…….

내가 나후나 아저씨를 안타깝게 바라보고 있을 때, 옆 테이블의 남자가 갑자기 벌떡 일어나 우리 쪽으로 걸어왔다. 굉장히 인상이 험악하고(팔뚝에 문신도 있었다!) 덩치가 컸다. 한마디로 말해 완전 일진 삘이었다.

"실례합니다. 본의 아니게 이쪽의 대화를 엿듣게 되었습니다."

시비라도 거는 줄 알고 다들 잔뜩 쫄았으나, 뜻밖에도 일진 남자는 공손한 자세로 허리를 숙였다. 우리들은 정체를 궁금해하며 그를 쳐다보았다. 그 시선에 다소 당황하며 일진 남자는 나후나 아저씨에게 말을 걸었다.

"노래하시는 나후나 씨 되시죠? 이런 데서 뵙게 되니 굉장히 놀랍고 기쁩니다. 사실, 나후나 씨를 만나기 위해 카바레와 나이트클럽을 죄다 뒤지고 다녔더랬습니다. 그런데 알고 보니 가수를 그만두셨더라구요."

나후나 아저씨는 경계심이 묻은 딱딱한 음성으로 물었다.

"왜 저를 찾으셨습니까?"

"부탁이 있어서 입니다."

"부탁이요?"

"그렇습니다. 한 번만 노래를 해주십사 하는 겁니다."

나후나 아저씨는 일진 남자를 건너다보다가 단호하게 말했다.

"이유가 뭔지는 모르겠으나, 저는 이미 가수 일을 그만뒀습니다. 다시 무대에 설 생각은 없습니다."

일진 남자는 나후나 아저씨에게 고개를 조아렸다.

"제발 부탁입니다. 딱 한 번만 노래를 해주십시오. 사례는 충분히 하겠습니다."

나후나 아저씨가 인상을 구기며 한층 힘이 들어간 목소리로 안된다고 하자 백부는 부드러운 미소를 지으며 입을 열었다.

"이보게, 거절을 하더라도 사정이나 한번 들어보세나."

시인 아줌마도 백부를 거들었다.

"그래요, 저도 사정이 궁금하네요."

백부는 일진 남자에게 물었다.

"그래, 그런 부탁을 하는 이유가 뭡니까?"

일진 남자는 바닥으로 시선을 떨구었다. 그러고 나서 한참 뒤 작은 목소리로 자신의 이야기를 풀어놓기 시작했다.

"선원인 아버지가 선박사고로 돌아가신 탓에, 제 어머니는 한평생 채소 노점상을 하며 홀로 자식들을 키웠습니다. 그런데 장사를 하실 때면 늘 작은 카세트에서 흘러나오는 나훈아 노래를 들으셨죠. 아마도 어머니는, 그 노래를 들으며 삶의 고단함과 시름을 잊으셨던 것 같습니다."

오호, 쉽게 말해 사생팬이군. 치킨집 사장님도 어느새 우리 곁으로 다가와 일진 남자에게 귀를 기울이고 있었다.

"그렇게 어렵사리 저를 포함한 삼남매를 키웠지만, 저는 태어나서 어머니에게 효도란 걸 해본 적이 없습니다. 언제나 어머니 속을 썩였죠. 정말 부끄럽지만 교도소에도 갔다 왔습니다. 나이 오십 줄을 넘겨 뒤늦게 겨우 철이 든 저는 처음이자 마지막으로 하는 효도로 치고 어머니를 나훈아의 공연에 모시고 싶었습니다. 기계가 아닌 살아 있는 사람의 목구멍에서 나오는 노래를 듣게 하고 싶었던 겁니다. 그런데…… 그럴 수가 없습니다. 어머니께서 많이 아프시거든요. 현재 거동조차도 어려운 상황입니다."

일진 남자의 목소리가 살짝 떨렸다.

"그래서 생각해낸 게, 모창가수를 섭외해 집에서 공연을 하는 것입니다. 진짜 나훈아를 부르는 건 불가능하니까요. 돌아가시기 전에 한 번만이라도 어머니를 기쁘게 해드리고 싶습니다. 도와주십시오."

나후나 아저씨는 한결 누그러진 표정으로 입술을 뗐다.

"정 사정이 그러시다면, 제가 다른 모창가수를 소개시켜 드리겠습니다."

일진 남자는 고개를 저었다.

"나훈아의 모창가수 중에서 나후나 씨가 최고라고 들었습니다. 저는 꼭 선생님이 해주셨으면 합니다!"

"저는 이제 가수가 아닙니다."

백부가 나후나 아저씨의 손을 잡았다.

"아픈 어머니를 위해서라니, 효심이 아름답지 않나. 이번 공연을 자네의 고별 무대라고 여기도록 하세나."

우락부락한 일진 남자가 애원을 하는 모습은 어딘지 가슴을 건드리는 부분이 있었다. 시인 아줌마와 삼촌은 물론이고, 치킨집 사장님까지도 나후나 아저씨에게 부탁의 말을 건넸다. 나후나 아저씨는 난감한 표정으로 긴 한숨을 내쉬었다.

2

　일진 남자의 집은 용두동에서 세 블록 떨어져 있었다. 버스 정류장에 내렸을 때에는 늦은 오후였다. 나후나 아저씨는 일진 남자를 따라 힘없이 걸음을 옮겼다. 설득에 넘어가긴 했지만 여전히 이번 공연이 썩 내키지 않는 모양이었다. 덤으로 딸려온 시인 아줌마와 백부, 삼촌과 나는 연신 재잘거렸다. 이번 일이 모두에게 흥미롭고 특별한 경험인 것이 분명했다.

　마침내 일진 남자의 집에 도착해 녹슨 철 대문을 열자 먼저 빨랫줄이 있는 작은 마당이 나타났다. 이어서는 낡고 허름한 건물이 눈에 들어왔다. 일진 남자가 좁은 마루에 올라 방문을 여니 이부자리에 누운 할머니가 보였다.

　일진 남자는 할머니의 손을 잡은 뒤 나직한 목소리로 말했다.

　"어머니……."

　두 눈을 감은 채 할머니는 아무 대답이 없었다.

　"어머니, 일어나보세요. 나훈아가 왔어요."

　이미 늦은 건 아닐까 하는 생각이 머리를 스칠 찰나, 할머니가 찬찬히 눈을 떴다.

　"뭐라고?"

　"나훈아가 왔다고요."

　"그게 뭔 헛소리야. 그 양반이 왜 우리 집에 와."

"일단 일어나서 밖을 한번 보세요."

할머니는 일진 남자의 부축을 받으며 힘겹게 윗몸을 일으켰다. 그러고 나서 느린 동작으로 이쪽을 향해 고개를 돌렸다. 그 순간, 할머니의 두 눈이 크게 벌어지는 걸 분명히 확인할 수 있었다.

"저, 저짝에 서 있는 남정네가 정말로 나훈아여?"

떨리는 목소리로 할머니가 묻자 일진 남자는 힘 있게 고개를 끄덕였다.

"도대체 이게 뭔 일이냐. 꿈이냐, 생시냐."

나후나 아저씨는 공연 분장을 해야 한다며 집 뒤편으로 사라졌다. 그 사이 삼촌은 마당에 반주기를 설치하고 백부와 시인 아줌마는 평상을 구석으로 옮기며 무대를 마련했다. 모두가 분주히 움직이는 가운데, 나는 마루 한쪽에 우두커니 앉아 이런 공연을 하는 게 할머니를 속이는 건 아닐까 걱정했다. 나후나 아저씨가 아무리 실력이 좋다고 해도 가짜인 건 분명하니까.

"이보시오, 총각."

방 안의 할머니가 마이크 성능을 시험하고 있던 삼촌을 불렀다. 삼촌이 다가가자 할머니는 조심스럽게 물었다.

"총각이 나훈아 선생님의 매니저 양반이지요?"

잠깐 당황하다가 삼촌은 고개를 끄덕였다.

"저 귀한 분께서 어쩌다가 우리 집에 오시게 된 거유? 내 자식 놈에게 아무리 물어도 당최 말을 안 해줘."

삼촌은 천연덕스럽게 대답했다.

"원래 일년치 스케줄이 꽉 차 있으신데, 아드님이 너무나 간곡히 부탁해 정말 어렵게 시간을 내어 오신 겁니다."

"그게 정말이유?"

"네. 이번만 특, 별, 하, 게."

할머니는 감격에 겨운 듯 '이렇게 고마울 때가 있나'라고 중얼거렸다. 삼촌은 곁에 있는 나를 향해 한쪽 눈을 찡긋했다.

하늘에 환한 보름달이 떠 있었다. 어떻게 소문이 퍼졌는지 한두 명씩 주민이 찾아오더니 공연 시작 즈음에는 작은 마당이 발 디딜 틈도 없게 되었다. 머리에 젤을 바르고 번쩍이는 재킷을 걸친 나후나 아저씨는 조금 긴장된 표정으로 마당 한가운데 마련된 무대에 섰다. VIP 좌석처럼 높다란 방 안에 앉은 할머니의 두 눈이 기대와 설렘으로 빛났다.

마이크를 잡은 나후나 아저씨는 주민들을 향해 깊숙이 허리를 숙여 인사를 했다.

"여러분을 만나게 되어 굉장히 반갑고 기쁩니다. 이렇게 노천 무대에 서는 것도 참 좋네요. 은은한 달빛도 마음에 들고요. 그럼, 부족한 실력이지만 한 자락 뽑아보겠습니다."

나후나 아저씨가 말을 마치자 삼촌은 반주기의 버튼을 눌렀다. 전주에 맞춰 가볍게 몸을 흔들다가 나후나 아저씨는 다물고 있던 입술을 뗐다.

"이미 와버린 이별인데, 슬퍼도 울지 말아요……."

나는 눈을 동그랗게 뜨고 무대를 쳐다보았다. 아저씨는 나로 하여금 내가 알던 사람이 맞나 의심이 들게 만들었다. 정말이지 마법 알약이라도 먹어 전혀 다른 인물이 된 것 같았다. 그 조용조용하고 쑥스러움 많던 아저씨는 넘치는 끼와 열정으로 완전히 무대를 장악해 버렸다.

"이거, '나가수'보다 굉장하잖아……."

노래를 하면서 아저씨는 쉴 새 없이 팔다리를 움직였다(아마도 진짜 나훈아의 특징적인 몸동작인 것 같았다). 그런 그는 입만이 아닌 온몸으로 노래를 하는 셈이었다. 주민들은 어깨를 들썩였고, 할머니의 얼굴에는 행복감이 번졌다.

"눈물을 감추어요, 눈물을 아껴요……."

노래가 이어질수록 확실하고 분명하게 느껴지는 게 있었다. 그건 흥겨운 가락 속에 숨은 아저씨의 땀과 눈물이었다. 나로서는 아저씨가 진짜와 얼마나 닮았는지 알 수 없었지만, 노래와 몸동작 하나하나에 배어 있는 세심함과 정교함만은 충분히 눈치챌 수 있었다. 도대체 아저씨는 저렇게 되기 위해 얼마나 노력을 기울인 걸까……. 나와 비슷한 심정인지 삼촌과 시인 아줌마, 백부도 크게 감탄한 표정을 짓고 있었다.

"무시로 무시로 그리울 때 그때 울어요."

노래가 후렴구로 가파르게 달려갔다. 나후나 아저씨의 이마에

땀방울이 맺히고 목에는 굵은 힘줄이 돋았다. 그곳에 모인 사람들 전부 한데 어우러져 춤을 추었다.

이윽고 노래가 끝나자 사람들은 엄청난 환호성을 내지르며 박수를 쳤다. 어디선가 길게 휘파람 소리도 들려왔다. 나후나 아저씨는 관객들을 바라보며 방긋 미소 지었다. 방 안의 할머니를 보니 두 뺨에 눈물이 흘러내리고 있었다.

다음날. 나는 학원에서 수업 시간 내내 옆자리의 종민이를 힐끔 댔다. 정말로 신기한 일이었다. 일진 남자의 집에 갈 때만 해도 아무런 생각이나 계획이 없었는데, 그곳에서 나후나 아저씨의 공연을 보고 나자 내가 앞으로 뭘 해야 하는지 깨달아졌다. 그건 스마트폰을 사는 것보다 중요한 일이었고, 학교에 가는 것만큼이나 자연스런 의무였다. 바로, 내가 손에 넣은 진실의 틈새를 전하는 일. 그 틈새에서 새어나오는 따뜻한 빛을 나누는 일.

"Let's call it a day."

브랜든이 수업을 마치자 나는 할 얘기가 있다며 종민이의 옷소매를 잡아끌고 야외 휴게실로 향했다. 그러고는 묻는 눈으로 바라보는 그 애에게 오랫동안 뜸을 들인 뒤 물었다.

"있잖아, 진짜와 가짜는 어떤 차이일까?"

"뭐?"

나는 입가에 미소를 흘렸다.

"너, 바바리맨에 대한 소문 들어봤지?"

"갑자기 그건 왜 묻는데."

"대답이나 해. 들어봤어, 못 들어봤어?"

"너네 동네에서 활개 치며 다녔다며."

"그 바바리맨…… 우리 아빠였어."

종민이는 놀라서 입을 쩍 벌렸다.

"그거 정말이야?"

"응."

나는 차분한 목소리로 바바리맨과 관계된 지난 일을 털어놓았다. 내 얘기가 무척 흥미로운지 종민이는 숨소리까지 죽인 채 귀를 기울였다. 그러다가 의아해하며 내게 물어왔다.

"그걸 나한테 말하는 이유가 뭐야?"

"있잖아, 나는 히어로가 되려고 하는 우리 아빠가 참 못마땅했어. 마치 짝퉁처럼 여겨졌지."

짝퉁이란 단어에 종민이의 어깨가 움찔거렸다.

"그런데 지금은 그렇지 않아. 아빠가 진짜 히어로일지도 모른다고 생각해. 히어로가 아니라면 팬이 그렇게 많이 생겨났을까? 그 누나들 스스로 바바리맨을 풀어달라는 시위를 했을까?"

종민이는 머릿속이 복잡한 듯 얼굴을 일그러뜨렸다. 그걸 보며 나는 조금 망설이다가 전날의 공연에 대해 들려주기 시작했다. 더없이 진지하고 열정적으로 노래를 불렀던 나후나 아저씨, 그 노래

를 들으며 감격해하던 할머니 표정, 처음으로 효도를 했다는 생각
에 뿌듯해하며 남몰래 눈물을 훔치던 일진 남자의 모습…….

　내 얘기를 전부 들은 종민이는 발치로 시선을 떨군 채 아무 말
도 하지 않았다. 그런 그 애에게 나는 마치 큰 비밀을 털어놓듯 속
삭였다.

　"내 눈엔 그날 네 아빠는 진짜였어. 진짜보다 더 진짜 같은 진짜
였어."

아이손

글짓기를 마치고 보니 이번에는 담임선생님이 어떤 생트집을 잡을지 걱정이다. 바바리맨이 아빠라는 건 살짝 숨기긴 했지만, 그래도 변태를 영웅이라고 한 것에 대해 꽤나 충격을 받을 거다.

"흐흐. 진실은 언제나 저 너머에 있는 법이지. 바바리맨에게 전해 주렴. 언젠가 세상이 잠잠해지면 다시금 짠, 하고 나타나 달라고."

바바리맨의 팬이자 진실을 알고 있는 사람들 중 하나인 백부가 했던 말이다. 모르긴 해도 백부처럼 바바리맨이 돌아오길 원하는 사람도 많을 거다. 하지만 매우 안타깝게도 그런 바람은 이뤄지기 힘들 것 같다.

경찰서에서 삼촌이 풀려나고 일주일 정도 지난 뒤였다. 아빠가 조용히 나를 찾아 다정한 목소리로 물었다.

"동현아, 우리 목욕탕 갈까?"

나는 놀라지 않을 수 없었다. 갑자기 왜 이런 말을 하지?

"왜? 싫어?"

"아니, 그런 건 아니고……."

아빠와 함께 목욕탕으로 향하며 나는 그의 속마음을 짐작해보려 애썼다. 그러자 짚이는 게 있었다. 혹시…….

"엊그제, 너랑 같은 학원에 다니는 여자애가 슈퍼로 찾아왔더구나. 이름이 세나였던 거 같은데."

내 예상이 맞음을 깨달은 나는 아, 하고 소리를 냈다.

"굉장히 예쁘고 귀여운 아이던데?"

여자애들은 진짜 입이 싸다니까!

"세나가 나한테 그러더라. 네가 아빠를 많이 사랑한대."

가슴에서 뭔가 울컥 올라왔다. 아빠는 슬며시 팔을 뻗어 내 손을 잡았다. 오랜만에 잡는 아빠의 손은 낯설고도 따뜻했다.

"세나가 나에게 부탁을 했어. 너랑 목욕탕에 함께 가달래."

강세나, 오지랖이 엄청 넓다. 남의 집안일에 이렇게 과감히 끼어들 줄 몰랐다. 그런데 참 이상했다. 조금 전만 해도 개의 행동에 화가 났는데, 이제는 슬며시 고마운 감정이 고개를 들었다. 급격한 감정 변화는 우울증의 초기 증상인데…….

목욕탕에 도착한 아빠와 나는 요금 계산을 마친 다음 로커룸에서 옷을 벗었다. 주말이라서 그런지 사람들이 북적였는데, 아무도 아빠의 알몸을 보고 놀라거나 비명을 지르지 않았다. 왜냐면 전부 벗었으니까. 알몸이니까. 그 당연한 사실이 왠지 신기하고 이상하게 느껴졌다.

탕에서 나온 뒤 아빠와 나는 몸의 때를 밀었다. 아빠는 나를 씻겨준다고 했으나 나는 나도 내년이면 중학생이라며 극구 거부했다. 한참 타월질을 하고 있으려니, 내 눈을 자꾸만 끌어당기는 게 있었다. 그건 목욕탕에 있는 수많은 '아빠들'의 몸이었다. 내 아빠와 비슷한 몸, 비쩍 마른 팔다리에 배만 볼록 튀어나온 몸, 몸짱과는 정반대의 몸. 어쩐 일인지 그 몸들이 내 마음을 아프게 찔러왔다.

"등 좀 밀어줄래?"

아빠가 묻자 나는 흔쾌히 고개를 끄덕였다. 등을 밀며 나는 아빠에게 속으로 말을 건넸다. 연극 공연 이후부터 늘 머릿속에 맴돌던 말, 가슴 한켠에 묵직한 추처럼 매달려 있던 말, 목구멍에 가시처럼 걸려 있던 말이었다.

아빠, 미안해.

여태껏 그 마음 몰라줘서.

혼자 외롭게 내버려둬서.

늘 짜증과 화만 내서.

정말 미안해.

갑자기 두 눈이 뜨거워졌다. 나는 비어져 나온 눈물을 얼른 손으로 훔쳤다. 반 정도 때를 밀었을 즈음, 아빠 목소리가 작게 들려왔다.

"아빠에게 묻고 싶은 게 많지?"

"……."

"그동안 사람들이 아빠를 변태라고 욕해서 많이 속상했지?"

"……."

어쩐 일인지 아빠는 내가 바바리맨에 대한 걸 알고 있다는 사실을 눈치채고 있었다. 나는 부지런히 손을 움직이며 말했다.

"아빠. 자연 시간에 배웠는데, '변태'는 곤충이 껍질을 벗으며 성장하는 과정이래. 껍질을 벗어야 비로소 어른 곤충이 되는 거지. 나는 아빠도 비슷하다고 생각해. 아빠는 지금 성장 중인 거야. 나처럼."

아빠는 나를 돌아보며 소리 없이 웃었다.

목욕탕을 나서자 어둑어둑해진 거리에 상점 간판들이 불을 밝히고 있었다. 몇 걸음 옮기다가 나는 문득 아빠의 손에 들린 종이 쇼핑백을 발견하고서 물었다.

"그건 뭐야?"

아빠는 짧게 대답했다.

"껍질."

"껍질?"

"아까 네가 그랬잖아. 변태는 껍질을 벗는 과정이라고."

나는 어리둥절한 표정으로 아빠 얼굴을 올려다보았다. 그러자 아빠는 씨익 웃어보인 다음 내 손을 잡고서 어딘가로 향했다. 십 분쯤 걸어 도착한 그곳은 공원이었다. 아름드리나무가 열을 맞춰 늘어서 있었고, 국화와 코스모스, 사루비아 같은 꽃이 종류별로 심어져 색의 하모니를 이루었다. 설핏 청설모가 보이기도 했다.

둥치가 한 아름은 됨직한 느티나무 아래에 선 아빠는 쇼핑백에서 접이식 삽을 꺼내 땅을 파기 시작했다.

"뭐하는 거야?"

"……."

"왜 갑자기 삽질을 하는 거냐고."

"……."

거듭된 내 물음에도 아빠는 굳게 입을 다물고만 있었다. 하는 수 없이 나는 쪼그려 앉아 아빠가 하는 양을 지켜보았다. 아빠는 삽질을 아주 잘했다. 마치 여태껏 쭉 삽과 함께 살아온 사람처럼.

어느 정도 땅이 파지자 아빠는 다시 쇼핑백에서 뭔가를 꺼냈다. 그건 다름 아닌 가이 포크스 가면과 바바리코트, 호신용 스프레이였다. 그것을 보고서야 나는 아빠의 생각을 짐작할 수 있었다. 내 얼굴을 건너다본 뒤 아빠는 바바리맨 변신 소품들을 구덩이에 던져 넣었다.

"저 코트, 비싼 거 아냐?"

내가 묻자 아빠는 고개를 절레절레 흔들었다.

"순 싸구려야. 나한테 비싼 옷이 어딨어."

지난 일들을 생각하는 걸까. 아빠는 아득한 눈빛으로 구덩이를 내려다보았다. 그러고는 큰 숨을 내쉬고서 구덩이를 메우기 시작했다. 그런 아빠를 보며 나는 며칠 전 그가 바바리맨 팬카페에 올린 글을 떠올렸다.

안녕하세요. 바바리맨입니다.

처음으로 인사를 드리네요. 한낱 치한에 지나지 않는 저를 위해 팬카페를 만들고, 게다가 경찰서에서 풀려나는데 도움까지 주시니, 정말이지 어떻게 고마운 마음을 전해야 될지 모르겠습니다.

제가 오늘 이렇게 글을 쓰게 된 건 사과를 드리기 위해서입니다. 이런저런 일들을 통해 여러분이 저를 히어로라고 불러주지만, 분명 제 바바리맨 행각으로 인해 큰 고통을 받은 학생들이 있다는 사실을 잘 알고 있습니다. 이미 많이 늦었지만, 그 학생들에게 고개 숙여 사과를 드립니다. 그동안의 제 행동에 대해 깊이 뉘우치고 반성합니다. 여러분들이 제게 보내준 따뜻한 관심과 응원은 평생 간직하겠습니다. 다시 한 번 진심으로 감사드리며, 아무쪼록 여러분 모두 건강하고 행복하길 빕니다.

11월의 깊어진 가을밤이었다. 바닥에 쌓인 낙엽 때문에 발을 옮길 때마다 사각사각 소리가 났다. 공원을 빠져 나오던 아빠와 나는 삼삼오오 모여 있는 사람들을 발견했다. 개중 몇몇이 천체망원경과 캠코더로 하늘을 관찰하는 모습을 보고 나는 이번 주가 혜성 아이손을 볼 수 있는 시기란 사실을 깨달았다.

"저 사람들은 왜 저러고 있냐?"

내게서 이유를 들은 아빠는 흥미가 당기는지 우리도 기다렸다가 아이손을 구경하자고 했다.

"혜성이 등교 시간 맞추듯 나타나는 게 아니라서 언제 볼 수 있을지 몰라. 저 사람들도 며칠 동안 계속 저러고 있는 거라고."

"운 좋으면 볼 수도 있잖아."

아빠가 고집을 부리는 통에 우리는 벤치에 앉아 혜성이 오기를 기다렸다. 가까운 풀숲에서 귀뚜라미 소리가 들려왔고, 옷 속으로 서늘한 기운이 파고들었다. 아빠는 말없이 저녁 하늘을 올려다보았다.

아이손은 아무래도 상관없던 나는 지난 일들을 하나하나 되새김질했다. 처음 바바리맨으로 변신한 아빠를 보고 놀랐던 일, 그의 활약상을 지켜보며 가졌던 걱정과 불안, 여러 사람과 나눴던 고민들, 나후나 아저씨의 공연……

아, 나후나 아저씨는 다시 가수 일을 시작했다. 종민이가 그렇게 하기를 부탁했기 때문인데, 처음에는 거절하다가 결국에 가서는 고개를 끄덕였다고 한다. 태어나서 처음으로 아버지의 공연을 본 종민이는 내게 이렇게 말했다.

"네가 떠들어댔던 진짜니 뭐니 하는 얘기는 잘 모르겠어. 하지만 그곳에 있는 사람들 모두 아빠를 보고 너무 즐거워하더라."

잠깐 말이 없다가 종민이는 덧붙였다.

"그리고…… 아빠가 그렇게 신나고 행복해보인 적이 없었던 것 같아. 그런 걸 못하게 하다니, 그건 내가 좋아하는 게임을 엄마가 못하게 하는 거랑 똑같잖아?"

그 일이 있고서 얼마쯤 뒤 종민이는 학교에서 큰 싸움을 벌였다. 앞장서 자신을 놀리던 아이와 한판 붙은 거다. 비록 이기지는 못했지만, 그렇다고 졌다고도 볼 수 없는 결투였다. 눈두덩이 퍼렇게 부은 채 종민이는 말리는 애들만 없었더라면 자신이 이겼을 거라고 자랑을 늘어놓았다.

아빠를 향해 나는 작은 목소리로 말했다.

"다른 혜성과 달리 아이손은 한번 지구를 스쳐 지나가면 영원히 볼 수 없대."

"그럼 이번이 처음이자 마지막인 거야?"

"응."

아빠가 느티나무 아래 묻은 바바리맨의 전설. 아이손처럼 이제 다시는 바바리맨을 만날 수 없을 거라고 생각되자 내 가슴으로 뒤늦게 서운한 감정이 밀려들었다. 나는 마음속으로 우리들의 히어로에게 작별인사를 건넸다.

굿바이, 바바리맨!

그날 이후 나는 이따금 인터넷에서 바바리맨을 검색해보곤 한다. 바바리맨들은 365일, 불철주야 우리나라 여학생들의 성교육에 온몸을 바쳐 힘쓰고 있었다. 당연하겠지만 그런 뉴스의 댓글에는 온통 바바리맨에 대한 비난뿐이다. 세상이 말세라는 둥, 미친 놈이 아니구선 저런 짓거리를 할 수 없다는 둥, 사탄이 씌여서 그렇다는 둥……. 그런데 나는 바바리맨들이 조금 불쌍하게 여겨진다. 그들도 아빠와 비슷한 이유 때문에 저러는 게 아닌가 싶어서다.

나는 이제 아빠가 왜 바바리맨이 됐는지 알고 있다. 옷을 들춰 알몸을 내보인다는 건 어쩌면 자신의 말을 들어달라는 표현이 아닐까.

나, 지금 많이 외롭다고.

곁에 아무도 없다고.

그러니 나를 좀 봐달라고…….

뭐 그거야 어쨌든, 하루 빨리 강세나에게 알려줄 근사한 꿈을 찾아야 하는데 어째 깝깝하기만 하다. 솔직히 얘기하면 아직도 건물주가 심하게 당긴다. 강세나에게 에둘러서 '부동산 임대업자'라고 말하면 괜찮지 않을까? 찬찬히 생각해보니, 아쉬운 대로 공무원도 나쁠 것 같지 않다. 하아…… 여자라는 존재, 참으로 피곤하다.

작가의 말

첫 책을 내고 얼마 지나지 않아, 우리나라 남쪽 바다에서 너무나 충격적인 일이 벌어졌다. 이 땅의 많은 사람과 마찬가지로 나 역시 슬퍼했고, 분노했고, 절망했다. 그런 와중에 책과 관련된 행사나 강연을 통해 몇 번인가 청소년들을 만나게 되었다. 희생된 학생들과 비슷한 또래였다. 그 아이들은 하나같이 나를 '작가님'이나 '선생님'으로 불렀다. 작가님이라니. 선생님이라니. 그 호칭을 들으며 앞선 세대로서, 한 사람의 어른으로서 부끄럽지 않을 수 없었고 작아지지 않을 수 없었다. 그 가난한 마음으로 도저히 글을 쓸 수 없어 초고만 잡아놓았을 뿐인 이 소설에 한동안 전혀 손을 대지 못했다. 그러다가 내 어둡고 닫힌 마음에 조금씩 바람이 통하기 시작한 것은 아픈 사건 속에 숨은 아름다움을 기억하고부터이다. 자신보다 친구를 먼저 구한 아이, 학생들을 구하다 숨진 선생님과 승무원, 시신을 찾다 목숨을 잃은 잠수사…… 내게 따뜻한 빛을 전해준 그분들에게 온 마음으로 감사한다. 그분들처럼 나도 언젠가 다른 이들을 위해 뭔가를 했으면 하는 바람을 가져본다. 작가의 길을 가는 사람으로서 그것이 글이면 의미 있겠으나, 굳이 글이 아니어도 상관없겠다.

오랫동안, 빚진 마음으로 살아가겠다.

헬로 바바리맨

© 유영민, 2017

초판 1쇄 인쇄일 | 2017년 4월 24일
초판 1쇄 발행일 | 2017년 5월 2일

지은이 | 유영민
펴낸이 | 정은영
편 집 | 사태희
마케팅 | 최금순 한승훈 정주원 최예원
제 작 | 이재욱

펴낸곳 | (주)자음과모음
출판등록 | 2001년 11월 28일 제2001-000259호
주 소 | 04083 서울시 마포구 성지길 54
전 화 | 편집부 (02)324-2347, 경영지원부 (02)325-6047
팩 스 | 편집부 (02)324-2348, 경영지원부 (02)2648-1311
이메일 | jamoteen@jamobook.com
독자카페 | cafe.naver.com/jamoedu

ISBN 978-89-544-3733-2 (43810)

이 도서의 국립중앙도서관 출판예정도서목록(CIP)은 서지정보유통지원시스템 홈페이지
(http://seoji.nl.go.kr)와 국가자료공동목록시스템(http://www.nl.go.kr/kolisnet)에서
이용하실 수 있습니다.(CIP제어번호: CIP2017009746)